朱洪涛，湖北省京山市人，文学博士。现供职常熟理工学院人文学院。研究方向：中国现代文学、民国学人。在《光明日报》《读书》《随笔》《新文学史料》等报刊发表论文、学术随笔、散文五十余篇。代表文章有《文章有命》《新文化的抔土者——论顾颉刚的新旧观》。

民国分省游记丛书

极目楚天

民国湖北游记

朱洪涛 编

南京师范大学出版社
NANJING NORMAL UNIVERSITY PRESS

图书在版编目(CIP)数据

极目楚天：民国湖北游记 / 朱洪涛编. --南京：南京师范大学出版社，2018.10
(民国分省游记)
ISBN 978-7-5651-3876-8

Ⅰ. ①极… Ⅱ. ①朱… Ⅲ. ①游记—作品集—中国—现代 Ⅳ. ①I266.4

中国版本图书馆 CIP 数据核字(2018)第 239352 号

丛 书 名 民国分省游记
书　　名 极目楚天:民国湖北游记
编　　者 朱洪涛
责任编辑 张元卿
出版发行 南京师范大学出版社
地　　址 江苏省南京市玄武区后宰门西村 9 号(邮编:210016)
电　　话 (025)83598919(总编办)　83598412(营销部)
　　　　 83598297(邮购部)
网　　址 http://press.njnu.edu.cn
电子信箱 nspzbb@163.com
照　　排 南京理工大学资产经营有限公司
印　　刷 江阴金马印刷有限公司
开　　本 787 毫米×1092 毫米　1/32
印　　张 10.125
字　　数 142 千
版　　次 2018 年 10 月第 1 版　2018 年 10 月第 1 次印刷
书　　号 ISBN 978-7-5651-3876-8
定　　价 48.00 元

出 版 人 彭志斌

出版弁言

《民国分省游记》是以省及省级市为单位，用游记之形式来呈现民国历史文化生态之丛书。选文首重史料性，同时兼顾文学性与科学性。科学艺术类考察记，凡记载社会生活较丰富者，均酌情收录。故本丛书所收录之游记，并非皆是传统意义上之文学性游记。

丛书之推出，既想以史料之展示，来复原一些消失之历史细节，也想与读者一道重温先贤观察社会历史之角度与情怀，因此，丛书之核心是呈现细节与情怀，在内容上并不求全。

在整理游记资料时，我们确定了如下一些原则：

一、繁体字、异体字改为标准简化字，原文误植径改；模糊难辨之字，以□代替。

二、当时的习惯用法，如“那末”“计画”“莫有”等，今人理解不致产生歧义，故一仍其旧。

三、文中标点，在基本尊重原文的基础上，按今天的使用习惯酌情做了更改。

四、特殊名词术语和需要注释的词语，在脚注中以编者注的形式略作说明。

希望由此呈现的文本能得到读者的认可。

民国二十年，张元济赠傅增湘诗有句云："我为古人蕲续命，更从新法试留真。"本丛书之出版，亦同斯旨。"续命"，是通过"重游"来克绍先贤之徽猷，承续文化之慧命。"留真"，则非仅为册府增一写真集，亦以待续命之人。

尽力而为，总是想多留几粒结缘豆。区区此意，读者鉴之。

南京师范大学出版社

前　言

编书的人总希望呈现在读者面前的是一本有益的书，至少我是这样想的。现在有越来越多的书没有翻看的欲望，原因大概是编者或作者或多或少放弃了责任意识。如今轮到我来编书了。我的一个小愿望就是读者对本书有翻下去的兴趣。

这部民国湖北游记，所选标准并非是才情文字俱佳的优美篇章，而是注重史料性，举凡对民国时期湖北区域的社会、风俗、人情、自然等有所记录的游记文字首先被纳入考察。换言之，纯粹抒发一己情感的文人雅兴文章基本不选，要的是平实、素朴、拧干水分的文字。

本书所选文章都是来自民国时期的老报刊，但即便如此，仍有很大的遗漏。首先是看到的报纸期刊有限，在有限的来源里面披沙拣金，或许在我看来的"金"也许就是他人眼中的“沙”，因此呈现出来的模样就是编者的眼光与视野。其次，湖北还是太大，各地区间的不均衡性很明显。无论是现在还是民国，作者们的眼光依然集中在大地方，譬如武汉、宜昌；对小县小城的关注较少。正因如此，编者便想尽力找寻不为人注意的山陬小隅，这样才会丰富而有色彩。读者朋友在阅读过程中不可不注意此一事项。全书所选内容尽量包容、全面，这对认识民国湖北也许有一定的价值。所谓认识无非是细部与整体。今天的人们对民国的认识差异太大，离真实太远，尤其是脑海中残留的细节经不起推敲，却往往作为认识的基础与前提，这不能不说是遗憾。

我是一个喜欢寻找过去的人，可能是天性使然。看到小时候与我一起成长的建筑、树木，如今已是面目全非，甚至消失了，心中会黯然，无力感油然而生。我想有能力的话，真愿意为它们做些什么，而不是只有一点感慨。我希望它们长长久久，但又知道不可能。更莫说于我而言更为久远的民国。唯一的办法还是借助文字。文章中描述的民生实况、城市形态，如今早已不存在了，我以为挖掘的目的，并非剑走偏锋，往大了说，文字中的人事情感,曾经真实存在过,这里有他们的呼吸与心跳。寻找是为了靠近,是为了丰富我们过于单薄的人生形态。往小了说,这对今天炽热的旅游建设也是一个借鉴。执事者恢复历史旧貌,或可参考一下书中的图像与文字。这也是一种文化建设。

希望读到本书的朋友们,交流切磋,编者邮箱:1125157269@qq.com。最后,衷心感谢张元卿兄,没有他,就没有本书的出现。

2018 年 8 月 5 日于苏州

目录

第三辑　鄂地访查

插图目录

第一辑　武汉三镇

武汉三镇

绪　君[1]

武汉最显著现象之一便是人多——街道上是人，书铺子里是人，轮渡上是人，旅馆里是人，到处是人。各种各样的人，来自北平，来自上海，来自济南，来自杭州，来自许多不知名的地方。打着各式各样口音，各式各样服装，有着同一个命运，在一起混。有的混着去了，有的将要来混，有的正在混着，就像春天池塘里的蝌蚪，乌黑一团。不，简直是装在万花筒里的，看去使你头晕。圆润的北平话，妩媚的杭州“话语”，强声强气的上海“闲话”；长衫，西装，灰色布制服；科头的，戴拿破仑帽的，戴礼帽的，白布裹着头的。中国有的，武汉市上统有。

上街，碰手碰脚尽是熟人，虽则你交游不广。前后

① 作者曾在《宇宙风》杂志发表文章数篇，生平不详。本文原载《宇宙风》1938年第70期。

同学，上下同事，你的表兄的表兄，或是和你乘过一节火车的，只要看去面熟，你便会点起头来，或是伸出手去，随即在各人身边，掏出一本小册子，互相告诉自己的住址。其实是谁也说不出谁的尊姓大名的，不过你觉得非如此做，似乎不可。

书铺子里尽是人。两丈长六七尺阔的板上，堆满红色绿色簿面小册子，写着：日本国内几时发生革命，财政迟早总得崩溃，中国是一定胜利的，只要能持久抗战。内容大致差不多，而簿面上也或好或坏，总有一副木刻。自早至晚，客人川流不息地进出。桌子的四周，永远有人站着，翻着。然而很少见有人掏口袋的。他们是悄悄的来，悄悄的看，又悄悄的走了。他们的口袋，空空如也。

有若干只渡轮，往来于三镇之间。靠岸的靠岸，航行的航行，没有一只船不是挤得满满的。然而售票处就没有人。军人凭符号进出，难民凭白布条子进出，不买票。而乘船的又以军人难民为多。这样，售票处就没有人。

船，大概十分钟有一班。可是一过江，便是半天。

大部分时间用来上下轮渡，挤。这里早就需要一座钱江大桥那么的桥，然而至今天还是轮渡，而且汉口至今还是木板架的码头。似乎武汉三镇的隔江对峙，行人往来其间，只是近来的事。“钱江桥”偏偏又造在钱塘江上，一心一意造好了，等自己来炸毁。

武汉便是这样的人多。人多，就好做事啦，游行有人了，宣传有人了，贴广告也有人了，各种训练班统有人了。要什么便有什么。厨司，汽车夫，女招待，杂志编辑，只要登出广告，不愁没人。连讨媳妇也并不例外。

人多，最占便宜的，要数开商店的，盖房子的和旅馆老板。店里的东西，尽不妨提高价钱，三倍四倍，不愁没人买。理由是：来源断绝，“物以稀为贵”，自古而然，谁敢说话。盖房子的，只要能腾出一间半间，光线不问，空气不问，是房子，便好出租。房价听房东的便。反正你不合意，自有人合意。

法租界上房子，更是骄贵。房价在普通二三十倍以上，先付六月。然而还是争夺一空。可见中国人并不穷，也不笨，深明大义：生命高于一切。自身既然安全，别人的死活，便可不管。眼见别人受罪，痛苦，正是自己

图 1　经过汉口法租界的民用飞机
(原载《图画时报》1929 年第 540 期)

的胜利,愉快。

大小旅馆,无不客满。找几间房子,备几条铺板,招牌挂出去,便有人来。这种小旅馆,并没定规,各碰运气。同住一家,有的三毛半一天,有的三毛,四毛的也有。三等九样。

所以,谁说武汉是在战时,我要同他打赌,除非人多,生意好,可以代表战时。

武汉人不怕死,不像京沪一带,飞机一炸,大家搬家。他们不怕飞机,警报一过,照常营业,依旧热热心心赚钱。

他们做生意可别致。下江人去,准会气破肚子。他们赚了你钱,还给你气受。譬如鸡蛋,前一秒钟,人家买,一毛钱七个,你去,只有六个。六个便是六个,并没理由。待你和气的,绝不是本地货,即使是,也一定不是本地种。

但其实汉口是不在此例的。汉口不是武汉人的世界,有如上海不是中国人的世界。汉口和上海没有分别。因为银行,药房,外国轮船,洋房,汽车,柏油路,野鸡,并没分别。假使把你从飞机上吊下来,落在江汉路与中山路口，你准定当自己是在上海的。只是范围小些，但这正是汉口受人称誉的地方。小而全，才生得精致，玩得有劲。自然，这是荷包里装满了别人的钱的人的论调，于我不会有好感的。它“全”，与我无干，小，正显出其局促小气。而况有这许多各式各样的人辗转流离于其间。犹如美人袜子上的破洞，分外寒伧气，看了难受。夫既没有一步爽快路走，跌跌撞撞是人，又没有一口干净空气吸，满嘴满脸的沙灰，再外加一股寒伧气，这还可以久居吗？长住下去，准会使人发狂。

但一般人就醉心汉口。你问他那里好，他说汉口。剃头，洗澡，要上汉口。因而武昌没有一家像样的理发店和浴室。汉阳更不用说。

汉阳与汉口只隔一衣带水（汉水），情景判然不同。老舍君所谓：“一臂低垂，一臂乱抡。”正是汉阳汉口的对照。“晴川历历汉阳树”，该是富有诗意的地方吧？然而却又未必。古旧，荒漠，破碎，阴湿，污浊，和所有的内地城市一样。京沪线上，我就是找不出一个城池来比拟。但也没有一个有它特有的古朴。你想，姊姊在它旁边尽是对镜掠鬓，卖弄风致，而它安贫守拙，不为所动，这是何等功夫！

归元寺，伯牙台，鲁肃墓，都在汉阳。我去看过，是受老舍文章的影响。所谓台，直是台，坟，直是坟而已。一位独具只眼，竭力主战，因而保全国土的英雄，其墓穴，即百步之内，亦无有知者。我不免为鲁肃叫屈。因此我推想，没有名人这里来过，本地人也不及京沪一带的风雅。他们简直不懂哼诗，写匾额，造亭子，种梅树，品茶。用文明人的眼光看去，不过是俗物而已。

与汉口汉阳大异其趣的是武昌。汉口繁杂，汉阳荒凉，汉口太洋化，汉阳又嫌古旧。武昌似乎介于两者之间。以女人比：汉口是少女，涂脂抹粉，会笑会恼。汉阳是老妪，整天蓬头垢面，静坐念佛。武昌是徐娘，淡妆素面，时时以秋波相送。武昌有大街，有伟楼，但亦不少深巷，小溪，山林，空地，不至于透不转气。蛇山像一道鼻子，把武昌割分为二，连绵起伏，直达江头；黄鹤楼旧址是鼻端，屹立最高。在这上面，看见江头日落，浩荡烟波，你自会知道江山之可爱，抗战之悲壮，了解胜利是什么，人生是什么。你会想起江水去处，你遥远的故乡，以及失陷在故乡的你的亲属。你会记起杜甫的诗句："国

图2　伯牙台
(原载《新人周刊》1936 年第 2 卷第 34 期)

图 3　鲁肃墓
（原载《新人周刊》1936 年第 2 卷第 34 期）

破山河在，城春草木深”，“烽火连三月，家书抵万金”。

蛇山的另一端，可算是鼻子上部的眉眼。有□林，有亭榭，有池塘，因此也就有茶园，有躺在藤椅子上喝茶的男女，在兜生意的“难民小贩”。于是吃瓜子，看女人，谈恋爱，得其所哉。有人说这是战时，我准和他打赌。

武汉三镇，我统统不喜欢。汉口住了，使人发昏。汉阳使人忘记岁月。武昌是适当的，它使你想起工作，也让你透气；可惜又有人在躺藤椅子，吃茶了。武汉三镇，依我不喜欢的程度分，第一名准是汉口。

过汉口

友 梅①

轮船距汉口还有三四十里路，船舱里便骚动起来，有的在捆行李，收拾零物，有的便在与领座的乘客攀谈，说着“我已经整整八年没有到过汉口”之类的话语，一面说话，一面便从窗玻璃中向岸上张望，显然大家都掩饰不住情绪上的激动，船舷旁的过道甲板上，更是挤满了人，一个个都在凭栏远眺，搜索东方水天相接处武汉三镇的影子，同时七嘴八舌地各自谈着当年如何离开汉口的情形，这多少年，谁能没有一点动人的回忆，于是都借此机会尽情的倾吐，听的人固然不能无动于衷，讲的人尤其兴奋，几乎不能控制音调的高低，因而构成甲板上的笑语喧天，一片噪音。终于，船是渐渐地驶进了，远天

---

① 作者生平不详。本文原载《中央周刊》1946 年第 8 卷第 6 期。

的景色，朦胧的渐渐变得清晰，我们已经可以看到隔江相峙的龟蛇二山，终于，我们看到武昌的黄鹤楼，楼脚山嘴谁用白粉写的“河山重光”四个大字，也清楚可辨了；甲板上的乘客愈拥愈多，纷纷指点他所熟悉的地方，抢先叫出地名来，表示武汉对于他绝非陌生的城市，我注意到身边一位感情丰富的女乘客，嘴里说着“汉口别来无恙”这样的话，眼眶里竟然充盈了泪水。就在乘客们这一阵欢呼与感叹声中，船靠岸了，泊在汉口过去的三码头。在四川出生的孩子们高声叫着：“拢了！拢了！”（拢字在四川方言中是到达的意思。）舱里起了到码头时照例要有的忙乱，我因为同行的人行李多，便空身先跳上屯船，进城去找寻旅馆。

这是一个阴雨天的黄昏，天寒风紧，街道泥泞，我走进了七年前的春天曾经住过两个月的汉口市，带着不知道究竟是欢喜抑或是悲怆的心情，我默无一语，径自大步向前走去，到了看见了江汉关上的大钟的时候，我才相信自己确是真回到了汉口，我才想起那位女乘客的流泪并非偶然，在这以前对她的那番激动我是抱着嘲讽的态度的。折进中山路，暮色渐浓，昏暗的街灯，照着往来

图 4　古黄鹤楼

(原载《汉口商业月刊》1934 年第 1 卷第 2 期)

的幢幢人影，别是一种异样的情调。我发觉汉口在这几年里是大大地改变了，记得当年每值华灯初上，这一带热闹的夜市便已开始，如今却冷冷清清，少见行人了，几年前我所住的那家旅馆，也遍寻不得，想来该早经停业，连主人也不知逃难何往了罢。我们在中山路和江汉路上，连问了一二十家旅馆，茶房都答以“客满”二字，复员东来的旅客，一天多似一天，大家都得在此地等待转船。我真担心我们几个人会被挤得露宿街头，后来总算在一家小客栈里找得一间空房。

回轮船搬取行李的时候，又被力夫们纠缠了半天，原因是几位不在码头工会的力夫，不愿意放弃已经拿到手的行李，他们向码头搬运力夫力争，说他们搬不到一件行李，一家人就得挨饿，经过几乎动武的争执和声泪俱下的哀求，行李才被挑上了肩。途中这几位向我申诉，说他们都是附近几县的难民，流落在汉口，还乡不得，谋生又不能，物价的腾涨，使得他们一天吃不上两顿饱饭，想在码头上卖点力气，又受尽工会码头夫的排挤。他们连行李绳子也不会结，一望便知是些纯朴的庄稼人，就让他们在这里乞讨式地生活着吗？这值得有关当

图5　江汉关侧影

（原载《关声》1935年第4卷第2期）

局的注意。

次日清晨，我去鄱阳里探望朋友，穿过几条马路，我才认清汉口较之几年前确实面目全非了，沿途很多高可数层的大厦，只剩下临街一面墙或者一堆残砖败瓦。我坐在黄包车上，默想这些建筑物的重建，怕非短期间所能实现，一次战争所能带给城市的破坏该是何等的巨大呵。因为市区受破坏之深，市民纷纷还乡之际，必然会感到房荒，于是来了房屋的纠纷，见诸报端诉至法院的日有多起。据我所知，有些虽在两三个月以前便回到武汉的朋友至今还未觅定住所，有的则先找了房子，又因房子起纠纷，弄得搬了出来。公务人员对这件事最感苦恼，家眷没有来的人，都在愁着来了以后怎样安顿，他们是拿不出金条或者是巨量法币去向房东租赁房子的。

胜利以后，由于航运阻滞，汉口的物价也像其他收复区域城市一样，在一度跌落之后，便又慢慢爬上坡去。衣食住行，没有哪一样比重庆便宜多少，有的甚至于高过重庆，只有香烟价钱还“相因”，可惜那不是每个人的必需品。物价指数一个劲儿向上爬，生活变得愈来愈艰难了，从各地陆续归来的还乡客，一面欣喜于自己的得庆生还，一面却不得不面对物价长吁短叹了。

逍遥于物价的高压之外的，也还不乏其人，投机取巧的商贾，和从接收中多少使点神通的少数不肖公务员，他们成了令人侧目的人物，终日征逐声色，挥金如土，舞厅、餐馆、戏园、妓院，都在为他们敞开着门，如果单看这一面，谁能说武汉不是正在走向繁荣了呢，但透过那些舞娘、倡女与女招待的身世，我们又该感慨于愈演愈烈的社会悲剧，行将不可收拾了。

在汉口，旅客同样感到交通困难，船只少，军运繁，守在旅馆里等上一周半月，搭不上船的是寻常事，招商局的大船，有时会在汉口一次载走两三千人，但从上游乘木船或轮船或者经公路来的人则更多，同行有人作感叹语："安得大船数千艘，尽载还乡旅客齐欢颜。"在目前，不说数千艘，只须有几十只船经常航行沪汉之间，还乡人也就不至于望江兴叹了。

朋友们不止一次了。可是，我为什么走呢，既相信武汉不会陷落？这无可自解的矛盾，使人把舌团在口里。身已在船上，即使万感交集，难道还不是以一走了之么？岸上的灯光，射在江里，万星沉浮，动荡无定，心也随着欲碎。别矣武汉！

因为票价贵，船上并不十分挤。可是以人声去判断，简直不知有多少人，而且都发了疯。不知道为什么一定要这么乱嚷乱闹，莫非这就是逃亡必须有的表示么？不在路口上立着，大家便都能过去。可是偏有许多人立在那里，自己不走，也不许别人通过。等一等，大家就都能走过去；然而谁也不等，都往前拥，都开口就骂。中国人大概不会严肃。

安闲自在的只有茶房，酒钱是票价的五分之一，先付。他们穿着拖鞋，托着水烟袋，坐在客房里闲谈。外国船上的茶房理应如此，他们没有国难，也没有任何责任；可羡慕的隐于舟上的生活呀！

船只有轮廓。一切零件，久已残落，决不修补，门上没柄，壶上没嘴，净桶没边沿，椅子没靠背，床前没号数，电灯没开关，……这船的轮廓要把几百条生命送到宜昌去。票价很贵;此外,一律须加“不”字。饭不能吃,开水不开,出恭不方便,……污辱中国的江,中国的人,岂只是日本暴敌呢?

可是中国人挺自在,舱里充满了鸦片烟味。疏散人口,免去无谓的牺牲,就是使这些鸦片烟鬼多活几天的意思么?鸦片烟鬼有钱,坐得起污辱华人的洋船,很自在的享受着中西合璧的腐臭生活。有谁敢来干涉他们呢!看,那群孩子!这就是保存国家的元气么?脏,瘦,皮在骨上挂着,一天到晚不是哭便是吃糖果。鸦片烟鬼的后裔呀,也去到后方去安全的害童子痨啊!

船上没有医生。有人把洗脚水倒在开水桶里。我拉痢;害病的还很多呢。两天内,舱里死了七个人。买了船票的猪狗们,就喝了搀了洗脚水的水吧,就死在舱里吧,外国人只要你们的钱。大概洋船长教你们都跳下江去死,你们也不发一声吧?

没心去看江景。那夹岸的青山,云中的塔影,蒲上的流烟,多么美好的江山哪!可是,这是被奸污了的美妇。除了把强盗们都赶出去,谁有心肠去谀赞江上的清风与山间的明月呢!那些鸦片鬼们终日倒在床上,那些能坐着的壮士，终日围坐着麻雀桌旁，他们也无心观看美景。他们不理会中国的伟大，所以也就不替中国着急。无限的青山，滚滚的长江，你们是位置在没有诗、没有热情的地方；等着听炮声吧。

船白天走，走得很慢；晚间停住，没一定地方，没一定时间，全凭洋船长的旨意。领江的没有夜间开船的本领；在白天也还触到沙上而几乎搁浅了好多次，四天的工夫没离开船。船白天慢慢的走，夜间不定停在何处，不靠码头，怎能下去呢？只好闻着鸦片烟味，听着牌声，看着那群死尸，喝着不开而且搀了洗脚水的水。就是这样，我到了宜昌。痢疾更重了。茶房又来要小账；预先付过的大概是算了。松懈，肮脏，怯懦的流亡，啊！还用到别处去找国耻吗？

附录：

老舍乘坐的是哪条船？

朱洪涛

老舍的《船上——自汉口到宜昌》一文讲述了1938年7月30日他从汉口坐船至宜昌的见闻与感想。与老舍同船而行的有何容、老向、萧伯青，后面几位都是中华全国文艺界抗敌协会的同事。这次行旅本是老舍从武汉奔赴重庆行程中之一段。当时的老舍担任“文协”理事，由于战事紧急，担心武汉无险可守，在冯玉祥、邵力子的支持下，老舍等人携带“文协”的文件、名册、账目等资料赶往重庆。由于无直达船只，加之人多船少购票紧张，因之在宜昌滞留了一周左右。

据萧伯青《老舍在武汉重庆》记载，“早上起来在甲板上眺望，浩浩江水，经初升的旭日一照，霞光云影，迷茫一片。江轮很是安静平稳。这是一艘上海三北公司的轮船，却挂了一面意大利的国旗，半封建半殖民地的意识，随时流露。”据此可知，老舍乘坐的是三北公司的轮船。据黄兰田《我所知道“三北”的来历》称，“‘三北’的字义，本是慈北、姚北、镇北。慈是慈溪、姚是余姚、镇是镇海，是浙江省杭州湾南岸，东海西岸的三个县。在清代，慈溪、镇海属宁波府，余姚属绍兴府。”宁波府、绍兴府一般简称“宁绍”，此地多出经商人士，1914 年成立的三北轮埠公司创始人虞洽卿便是其中的杰出代表。虞洽卿善于借势而为，又擅长结交政界高层，政商两界游走自如，因此三北轮埠公司的发展亦是风生水起。到抗战前，三北轮埠公司开通了多条航线，既有内河航运，也有沿海贸易。

老舍、萧伯青文章都提到他们乘坐的船悬挂意大利旗帜，原因是为了寻求保护，降低危险系数，三北轮埠公司与意大利驻沪领事合作组织中意轮船公司，因此沿长江各分公司房产码头仓库都挂起意大利旗帜。其实这种所谓的合作，意大利基本上什么也不出，三北方面无非是看重意大利与日本是同盟国，二者各取所需罢了。这种合作在老舍看来，是特别能激发国耻情绪的。

抗战期间，由于政府征用、日本人轰炸或被敌掳走，三北轮埠公司船只毁损严重。在《三北轮埠公司史料选辑》(蔡志坤整理)以及其他史料文章里记录了毁损船只名称，如龙山轮、衡山轮、嵩山轮、华山轮、龙安轮、宁兴轮等。从被炸毁地点看，只有龙安轮是在 1941 年 8 月 8 日被炸于宜昌三斗坪。查龙安轮资料，在 1937 年第 5 卷第 1 期的《交通职工月报》“交通消息”栏有如下介绍：“华商三北轮埠公司，现为民营航业领袖，赖虞洽卿氏惨淡经营，已有轮船三十艘，总吨五万吨以上，遍行国内沿海长江航线，各埠均有分公司代理及码头仓库设备，对长江一线自沪至汉，汉至川湘等地，因船只齐整，设备周全，营业尤见发达。今岁(按：指 1936 年)长江货客拥挤，以致该公司原有各船，不敷装载，嗣为扩充航业起见，经设法向香港租得龙兴、龙安新型江轮两艘，并于前月派人赴港领取，已志本报。现该轮已陆续开驶来沪，日内便可派班行驶航线。……龙安轮长二三八尺，宽三十尺一寸，深十一尺九寸，总吨一六八一吨，净吨一零四七吨，设备亦颇严密，诚航业界之福音也。”从行驶于长江沿线，炸毁地点以及老舍的描述看，基本可以锁定是龙安轮。

但看老舍对这条船的描写与上述资料所言差异颇大，与同行萧伯青的叙述亦不同。

老舍在《八方风雨》中形容此船“这是条设备齐全，而一切设备都不负责任的船。”《船上——自汉口到宜昌》一文提到茶房的不负责任，“安闲自在”。这种情况的出现也是有原因的。据屠鼎芳、夏榕卿在《三北轮埠公司在汉口的经营活动》中介绍，三北公司所属各客货轮采取包缴制，即每月视各处业务多少规定各分公司的开销，超出部分总公司不予报销。包缴制度就是层层剥削，如若不克扣则上上下下无利润可挣，这就造成船上服务员向旅客勒索酒资。这也就是老舍文章说道的，“酒钱是票价的五分之一，先付”。而茶房在这个体系里面是不支薪水的，他们每月的来源就是靠分润旅客赏给的酒资。本来就是国难当头，再加之这条中国船呈现出的种种可恶身影，作家老舍更是无心赏鉴江上之清风、山间之明月，也就更容易激发他批判无孔不入的侵略者，吸食鸦片烟的愚弱国民之行状。文章后面他把中国大好河山沦于敌手比喻成“被奸污了的美妇”，字里行间涌动着弱国子民的悲哀。

萧伯青晚年回忆文章则觉得此行颇有些愉快之感，“饭厅内有好几张铺有白桌布的饭桌，开饭时七八人围桌一坐就吃起来。与同舟人随便聊天，感到愉快。有一对夫妇抱着一个娃娃，与我们同桌吃饭。他们用自己腌好的藠(jiào)头也请我们吃，其状如蒜瓣，咬开的横断面却层层如葱白，味亦非葱非蒜，我们还是头一次吃到这种南方小菜。”萧伯青并非不批判，只是人到老年回忆往事，纪实性笔下流淌着更多是真实。

参观汉阳铁厂记

吴仲甫①

夫真正之教育，读书与经验二者不可缺一。而理科先生尤当重经验，本季理科高级生参观汉阳铁厂，即所以资经验也。

于民国六年四月三日一切参观计划，准备停妥，遂买轮西驶，夜一句钟启轮。春光明媚，风和日暖。由申江而镇江而南京而安庆而九江而武汉，到处船皆停泊，吾人均可上岸游览。江流浩荡，两岸山青，洵足乐也。回忆洪杨起义，入江以后，势如剖竹，惟无政治能力，不脱盗贼之根性，致功败垂成。然覆清事业基于此矣，吾人不可忘之也。

七日到汉口，沿江一带，各国租界，风景绝佳，略似

① 作者生平不详。本文原载《约翰声》1917年第28卷第5期。

上海。回顾华界及武昌沿江一带之风景，则道路狭小，屋宇湫隘，与租界相形见绌。谚云:“各人自扫门前雪”，以余观之，自己门前雪殆亦不扫也。

余游武昌曾登黄鹤楼，唐人所咏“晴川历历汉阳树，芳草萋萋鹦鹉洲”者，乃得亲见之。惟一楼之外无优美之建筑物，仅见茶寮、酒肆、照相馆而已。余等登黄鹤楼，虽不足以偿奢望，然收揽长江风景，亦足自豪。及历阶而下，盘折数级，而乞丐丛集狰狞龌龊，不堪寓目，至此而游兴索然矣。

铁厂设于汉阳，长一英里，东临扬子江，西接兵工厂，南连大别山，北界襄河，为前清鄂督张之洞所创，旋移交于盛宣怀，始启工时在西历一八九四年，专制钢轨、钢板、船具等。铁苗取于大冶，煤炭取于萍乡。大冶在武昌东南，多铁矿，而赤铁矿、磁铁矿、云母铁矿等，尤称富饶。已露出之矿苗约计五亿吨，蕴于地者且不胜数。铁山及狮子山雌雄两峰已由汉冶萍公司开采，因借日款，故原料多输至日本。日本不产铁，极重视之。萍乡在江西袁州之西，与大冶之铁皆供汉阳铁厂。该厂自开办以来，中国有已成九路用其铁轨，而新造附近本校之

图 6　汉阳铁厂远望
（原载《中华月报》1935 年第 3 卷第 1 期）

沪杭甬路亦汉阳之轨也。其有益于我国，能绝以前向外国购铁之漏卮，且增将来雄伟之势力，未可限量。故欧美人目为黄祸之原，亦可见汉阳铁厂之声价矣。

当轮船到武昌时，才下椗即有持铁厂督办理学博士吴任之名片来访。吴君盖本校十余年前毕业出洋，留学英国，专研冶金科者也。丁云小轮已备，促过船，而代任搬运行李之责，余等下小轮入襄。

厂中高入云霄之烟与烟突数枝，已一一在目。至岸时，由舟子前导入厂。厂门以钢铁制成，广阔雄伟，题曰汉阳铁厂。两旁巡警荷枪鹄立，小工挑运煤铁，往返如蚁。入门后，直往督办事务所。吴博士出，道欢迎意，并定参观程序。全厂分作三日观，日观一部分。

夜间住宿处，已先由督办指定，系在厂内，近大别山之麓，烟尘不及，空气甚佳，饮食丰腆，茶盥时便，又有特役，可供遣使。参观之前一夕，督办亲至，与同人会食，略述铁大意及炼钢方法，并加勉青年努力职业，津津有味。于十日七时，武汉同文会在汉口普海春酒楼开欢迎会，尽欢而散。

每参观之前，同人先集督办事务所，由博士给函。

图 7　汉阳铁厂局部
（原载《矿学汇报》1926 年第 2 期）

令各部技师将各种机器名辞构造用法一一说明，使吾人有机缘可以笔记，以备记忆检考。今分参观事实最要者为三段：第一段矿苗以何法成铁；第二段铁以何法成钢；第三段钢以何法成轨等。一问矿苗以何法成铁？曰苗由大冶，煤由萍乡，至码头上岸，码头在襄河，以人工运入厂，与灰石混合，由升降机用电力提高入一高仓。仓高百余尺，全仓以钢铁建筑。苗煤石先行量定数目，然后共入风箱冶汽炉，数目视炉之容积为准，升降机之运动，由一人管电机，电通则机动，电禁则机止，上下如意。风箱冶汽炉上端有炉盖及漏斗各一，盖启时，漏斗上升，斗与炉不相通。苗煤石三物，以人工由升降机运至，倾入漏斗，至斗之某度，以电机下炉盖。此时漏斗下降，与炉内通，则苗煤石滚滚而下。炉高四十尺，直径十余尺。苗煤石之入炉者不止一次，视炉之容积而递加之。炉内筑以耐火砖，外套以铁板，砖以助炉火高度。炉之下端有一孔，由此用机逼入空气，鼓动热煤气，使炉火成极高之热，约一千八百度之谱。每炉火一熄，欲达以上之高热，非起火至三四日之后不为功。又一孔引矿渣外出，此物系镕铁之污秽，除制渣砖外，不甚有用，故每以车运出投弃之。又有一孔,引镕铁入模,模以平地画上成格,长尺许,阔四五寸,高二寸,镕铁由炉流入总沟,由总沟入模,冷后名曰生铁。当镕铁放出炉时,内外压力悬殊,冷热异度,光明如电,一种奇观略似元宵所放之烟火。镕铁入模时,热气逼人,不可向迩,故用自来水溅之,水立变为氢氧二气。生铁冷后,叠之成堆,俟再入炉炼为钢。以上为由苗成铁之方法也。

第二问铁以何法炼成钢?曰炼钢厂与炼钢炉之建筑,两件与前者不同。厂不甚高,大略与本校之聚集一同大小。分上下两层,均系钢铁构成。下层烧炭成气,为炼钢炉之燃料。不用煤,此与铁炉异者,一也。上层建筑炼钢炉,炉以耐火砖构成,长数丈,阔丈余,高亦丈余外,不套以铁板,此与铁炉异者,二也。欲炼钢之生铁,由一门在炉旁出入,不由在炉上之漏斗,此与铁炉异者,三也。灶在上层,一切物件转运均用电机,驾驭之法与电车驶法相同,可进退不可上下,此与前之升降异者,四也。当炉火成时,由电机带铁至炉门,又以电力将盛铁入炼之器由门推入,又以电机转之,将铁倾于炉中,乃将炉之门紧闭。门之启闭亦皆用机。炉既闭,其热度高至某度，铁镕成钢。钢者，铁之精也。盖生铁内杂有硫磺与他种污物，炼钢时，以石同时入灶，由化学作用，石能够吸合硫磺与污物而合，而留净铁即钢也。镕后，启一孔于灶墙，镕钢流出，势甚猛热，即注入一大臼，其形似臼，故以名之。臼挂于电机，重数十吨，注满后由电机转运至钢模，以机启臼底两孔，镕钢入模成锭，形四方上狭下阔。略冷，以电机去模而留钢锭运入碾机场。以上为由铁成钢之方法也。

第三问钢以何法成轨？曰钢欲成轨，当入碾机场。是场之建筑面积颇大，除碾机外，有截钢机、热灶炉及种种机器。钢锭由钢厂运到场时，内外冷热不均，不能即入碾机。故必须再入热灶，烘之使内外热度均平，再由人工用铁轮子运至碾轮上，以电机使动机器，由机器直接动碾轮，轮动后，将红热之锭送入碾机。钢以重大钢轮造成，压力极强，将大锭碾成小锭。每碾一次，锭必小一次。碾机有各种模型，可将钢锭碾之成圆成方、成长成短、成薄成厚、成板成条、成块成轨，莫不如意。如欲成轨也，则入轨模之碾机。轨成后，再入汽锯机，锯时星火四飞，望之可怖。碾机场全铺以钢砖，约五尺四方，厚盈寸。以上为由钢成轨之方法也。

轨成后，弓而不直，当再入压平机，压之使直。直后，又入汽钻，将轨之两端钻成两孔，为铺路衔接之用。钻时，钻处甚热，无火起烟，其热可想，当注以油。油之功用，在使热度下降，否则钻机将因热变软也。每轨之边刊有汉阳铁厂造等字，故吾人无论至何处铁路，俱可按图索骥也。

汉阳日出千吨以上之钢质，日造三四百条之钢轨。作工者五千余人。

至于其他各厂，如马力房、修理处、抽水房、增热器、打风房、木模处、土木处、打铜处、制钉厂、造砖炉、水力房、绘图处、化验股、渣砖厂等，均系铁厂副属机关。余以时间所限，又翻译理学名辞殊非易易，姑俟诸异日著作成篇以饷阅者。语云，十闻不如一见。余三日之经验，胜读十年书矣。

武汉小住

高语罕①

行李交给接客的，我们很轻松地上了过江小轮，在三等舱船尾找到了座位。九龙服务团更上一层同武汉青年救国团相遇，大家又唱起救国的歌曲，没有二十分钟，在慷慨激昂、发扬蹈厉的歌声中，我们到了汉口。下了旅馆，便打听下水船，回答是：没有一定时日，也许明天就有，也许要有三五天好等。我便决定在汉口住一两天，看看十年不见的武汉三镇，一面会会朋友。第二天

---

① 高语罕（1888—1948），安徽寿县人。早年就读于凤阳经世学堂。1905年入安庆陆军测绘学堂。曾留学日本早稻田大学。1907年回国，在安庆从事秘密反清活动。辛亥革命时，任安徽青年军秘书长，结识陈独秀。1915年在上海参加新文化运动，是《新青年》主要撰稿人之一。1916年秋在芜湖省立五中任学监。1920年经李大钊介绍加入北京共产主义小组。1922年赴德留学，回国后历任上海总工会宣传科主任、黄埔军校政治教官等职。1927年任汉口《民国日报》主笔。1932年逃亡香港。抗日战争胜利后迁居南京。著有《国文作法》《现代的公民》《康德的辩证法》等。本文原载《宇宙风》1937年第55期。

早上，写了一封信给高涵庐先生，我的内人亲自送去，约他见面。高涵庐先生即高一涵，原名梦弼，号效良，安徽六安人。我们于民国元年在安徽教育厅同事。后来我到日本读书，他不久也到日本。一九二五年我自欧洲回国后，在上海大学教课，我们在上海会过面。后来，我在武汉奔走，涵庐先生也到武汉中山大学任教授，因此和邓择生相识。当邓择生出走以前，涵庐先生曾任过总政治部第一科长。政变以后，人家总把我们两个缠在一起，把高一涵认作高语罕，或把高语罕认作高一涵。实则我们是同省，同学，同姓不同名。但我们却是多年的好友。

这次路过武汉，涵庐先生开府武昌，我万不能过门而不入室，不去拜访；二来是恐怕到南京时碰不到熟朋友，经济马上要发生恐慌，不得不向涵庐兄讨几个盘川。我的夫人打武昌回来，说是没有会见涵庐先生，信已托他的号房转交了。我想他的事忙，当天是不会过江来的了。我们几个人又重新过武昌去，上黄鹤楼，游蛇山公园。倦时，下山到汉阳门一家四川馆子吃了一顿午饭，又匆匆过江返汉口。登黄鹤楼诗道：十载重登黄鹤楼，

图 8　汉口至武昌的联络船
（原载《鄂报》1940 年第 2 期）

那堪回首诉离愁？江流石转千年恨，物换星移几度秋。北国开门纵狼虎，南朝抗战起吴头。人人自有兴亡感，忍说予先天下忧！

回到旅馆，再问接客的：什么时候有船？他的回答，表现得很负责任，很友谊，说是：明天说不定有一条船下水。我们完全信赖了他，大家商议到广东馆子去吃饭，随便到马路上逛逛，买了一点必须的物品，如电筒、防毒药水、纱布、棉花等物。回到旅馆，有人说，汉口今晚映抗战特辑的影片，Lily 和 Ethel 都要去看，我对于该电影本无大兴趣，但是因为映的是抗战实情，也很愿意去看一看。七时，我们进了影戏院，电影开演了，果然不错。第一，它把中国百年来被帝国主义宰割的历史，如实地在地图上有声有色地表现出来，可当得一部中国外交史，即帝国主义侵略中国史；第二，它表现中国抗战之军事上的物质准备与军事教育努力；第三，它揭出帝国主义在中国种种罪恶，如在汉口日租界所包藏的制毒机关等等；第四，表现出中国士兵之抗战的英勇。不过我觉得还有缺点：第一，没有表现人民参加的热烈情绪（这不是摄片者的过处，而是政治环境，没有造成这种事实）；

二来是开映之初，夹杂一些外国歌曲，有点不伦不类；第三，开映的日子和地方太少，不能普遍；第四，收费较昂，一般必须看的平民没有机会看得着，失却了动员群众和抗战教育的根本意义。但是我对于这等影片着实喜欢，希望多多地有机会看得着它，更希望军事委员会深深地注意“普及”这一问题。它比什么大学、什么口头和文字的宣传都有效力，而且来得快！

出了戏院，我感着十分兴奋，十分满意，提议去吃“宵夜”，大家赞成，遂跑进一家设备奇异的点心馆子，吃了点心，饮了咖啡，慢慢地踱了回去。这时马路上已是没有多少人行走了，十字路口的警察在那灯光下，警察审问的眼光注视着我们这些陌生的客人！当天一夜，我睡得非常好。第二天早晨我们便盼望涵庐先生来谈，不敢出门一步，等到中午不来，才出去吃午饭。吃过午饭又匆匆回寓，把接送旅客的茶房喊来问船，他仍含糊其辞地答道：明天或许有。我们不放心，自己跑到中国旅行社去打听。旅行社始而不负责任替我们买票，我们要把票钱先交把他，一俟有船，请他优先代我们买，他才教我们把姓名地址留下。我们回寓不多一时，中国旅行社便打发人来说，下水船本晚有得开，我们高兴极了，遂托来人把我的舱位定了，准备当晚上船。这时，我们的涵庐先生打电话来了，他说，晚上来看我，我说，晚上就要上船，他说，我三点钟过江来，我说欢迎。果然，刚三点钟，涵庐先生来了。我们两个是年龄差不多的人，相对慨然！我的头发花白了，他的头发虽未大白，然精神着实委顿得很。我们谈起话来，他的对于时局的认识，虽然还不减当年，但是于他那暗淡的眼睛当中，晓得他已饱经世故，十年的宦海生涯，把他的一点精彩都淹没了！我不知怎样安慰他才好！他的身体虽然发了胖，但是气色却现出了一种晦涩的表情，一切言论都比十年前更持重了，声息更低了，我心里着实难过，更不知怎样安慰才好。他问我：到南京去怎样打算，我说：一点打算没有，此次只是为了单纯的抗战热情所驱使，一切自身的利害都没有思虑过。他问我：到南京预备先找什么人，我说：我打算先找于右任先生，因为我在上海大学教过书，我们总是熟人，自然既回国，不能不先到南京，既到南京，就不能不向南京最高当局说明来意。我已预备好了一篇上蒋先生的信稿，若果会不见于右任先生，或其他朋友对蒋先生转致一切，便把此信迳寄蒋先生。他说，那你先见于先生好了，陆一也在南京，我打一个电报给于先生好了。

涵庐先生谈了一个钟头走了，临走时从荷包里慢慢掏出了一搭子钞票给我，轻轻地说道："我也很清苦，这五十块钱，权当杯水之助吧！""予将有远行，辞曰馈馌，予何为不受？"我只得很感谢地受下了！涵庐先生去后，另外又有一个朋友来看我。他也在武汉军政界做事，从他的嘴里我得了许多史料，现在我把它拉杂地写在下面：

他首先愤恨地说道："假使没有汉奸，我们在武汉这次至少可以俘虏日人十三条兵船和万人以上的轻重兵器。"我道："是怎么一回事？"他说："当芦沟桥事变发生以后，汉口的日租界与华界已形成中日两国武装对立的形势。日本人在日租界里至少有几千人有武装的，此外他们还藏有大量的军火。但是日租界的周围，我们已调了一两个师把他团团地围起来了，两方都是摩拳擦掌，准备厮杀。而且我们已准备封锁长江，一旦封锁，这几千日本的武装兵和十三条兵船，岂不成了'瓮中之鳖'

图 9　汉口日租界之江岸
(原载《道路月刊》1929 年第 28 卷第 1 期)

吗？谁知忘八羔子汉奸漏了消息，日本的陆战队，兵船和侨民一齐逃了！我们已经到手的一笔财气，临时又被他逃脱，你想气人不气！”

我说：“日本人为什么就这样善善地退了出去？除了上述的封锁之外，还有其他的原因吗？”他说：“啊！有的！有的！原来日本人之旅居武汉的，对于中日战争问题的意见可分三派：军派（所谓陆战队）主张冒险地干一下；海军并不根本反对，但要奉政府的命令，不然不能轻举妄动，白白牺牲；至于日本的侨民商人（除了浪人外）则一致反对打仗，因为他们晓得战端一开，绝非短时期可了，他们到了战时退出以后，所有在汉口多年的经营财产都要化为乌有。他们一方面对于驻汉的日本海陆军提出反对开战的意见，一面他们又晓得军人派绝不会采纳他们的意见的，于是直接打电报给东京外务省，详陈不可开战的各种理由，要求政府不要让陆海军人不顾人民的意思和利害，一意孤行。外务省站在外交的立场，电令驻汉的日本陆海军和侨民一律退出，于是这一场恶战便‘幸而免’了，但是我觉得太便宜了他们的一班凶汉们！唉！汉奸真可杀！可杀！”

我说:“武汉三镇的汉奸这样的多么?”他说:“破坏我们上述的封锁长江,解决驻汉的日本陆海军的计划的,不是武汉的汉奸而是躲在首都行政中枢的汉奸,据说,是黄濬——黄秋岳!他们父子兄妹一家都是汉奸!”我说:“那么武汉三镇的汉奸不成问题吧!”他哼了一声道:“不成问题?自然!若果政府大着胆子让民众有了健全的组织,负起责任来,汉奸自然不成问题。但是你还没看见,前方尽管打仗,后方确是‘冷鼓清灶’一点也表现不出民众参加的景象来,但是汉奸却活跃得厉害!就拿一事作比吧!我们在前几年建筑了几个炮台,日本竟把汉奸放进了工头和工人里来了,当炮台建筑招工投标时,某几个工头所谓的价目特别便宜,而他的工人做工又特别勤勉,后来才发现了这些工头及他所领导的工人大部分都是汉奸,因此我们这次所修的炮台的内部建筑,都重新改造过,并且以后我们所修的炮台,又都用特别的方法招工,不敢再经上述那些工头的手了,也不敢再招那些以前的工人了!你想,可怕不可怕!”我又说道:“这些事情,如果是确实的,那真糟糕!但是,此外还有什么‘汉奸的故事’呢?”他说:“多着呢!比如,襄河一带，就有千把！他们都有新式的武装。有一次他们有三百多人在襄河堤上暴动起来，那里的警察没有办法，电请省政府派了两营兵去才把他们解决。帝国主义的诡计真毒！他在襄河沿岸，豢养这些汉奸，目的在于破坏我们的襄河堤。假使襄河堤被他破坏了，则不但武汉三镇成为鱼鳖，就是襄河附近及武汉下游各州县都得成为泽国！”“那么，”我说，“党政军警当局应该十分注意啦！”

“这个自然，”他说，“党政军警自然天天在注意，你不看他们的文告吗？然而事又有出人意料之外者！南京行政院出了一个‘黄秋岳’，我们也有我们的‘黄秋岳’！而且我们的黄秋岳不在行政衙门，而在军事机关，武汉行营据说有一个机要科的科员前天被枪毙了，就是为此。因为武汉的军事上的消息，往往一发动，甚至朝议决而晚上即被敌人晓得，经过一番详密的注意，才看出这个机要科科员有嫌疑，但是还没有确实的物证，后来经机要科科长很机警地用特别方法把他侦察出来，果真是一个汉奸，于是就马上把他毙了！你看！这不是我们的‘黄秋岳’么？”我说：“汉奸真多！”他叹气道：“还不止此！你以为汉奸只是数量上惊人么？不！他们的组织才真是严密！前一年的光景，我们一些朋友结伴去游岳麓，大家信步闲逛，逛到麓边一个洲上，洲上自然是游客足迹所到之地，但不甚冲要，更非了不得的名胜，却矗立着一家很堂皇的大照相馆。我们当时就觉得很奇怪：为什么此地开设这么大的照相馆？有什么生意呢？怎样够开支呢？但是这种怀疑也不过一刹那之间便被我们的游兴打断了！到了今年中日战端即开，才又重新注意到这个久经忘却的照相馆！你以为这个照相馆果真是照相的么？"我说："难道也是汉奸的机关吗？"

他说："可不是！这个照相馆是帝国主义在湘鄂各省一个制造汉奸和指挥汉奸的总机关。日本的特务长和中国的汉奸头儿，天天夜间在这里开会议应付中国的种种讨论计谋和发号施令；一面他们又在这里开班训练汉奸。据说沿粤汉路一带为这个机关所指挥的汉奸也不下千人，他们的头目每天照他们所分派的地段按时查岗，看他们是否真正站在他们被指定的地位，和是否尽他们汉奸的责任。简直比我们中国的警察、宪兵还要严格！你看可怕不可怕！……"

我反问他一句："汉奸是这么多，但是他的根源究在哪里？我们的责任就在这里！要追求他，不要放弃！”

他透了一口气，喝了一口茶，轻轻地道：“自然，不但要知道汉奸的实际状况，并且要知道他的来源！我以为第一个要因就是‘生活’逼人。假使你要长驻此地，看见武汉三镇的工人生活及其他失业状况，又稍稍留心附近州县的农村破产与夫农民颠连无告的情形，你便马上可以明白现在的汉奸是为什么这样多了！现在党政当局不是天天在提倡礼仪廉耻吗？但是管子说得好：‘衣食足而后礼义兴’，究竟一般小老百姓不能饿着肚皮等着他的灵魂跑到圣庙里去吃冷猪头！这并不是什么高深的理论，而是中西历史所昭示我们的事实！”

“但是，”我说，“做汉奸的不都是穷人，譬如你所说的汉奸呢？”

他毫不迟疑地答道：“自然也是生活问题，问题的讨论不能从事态的表面出发。生活有两个极不同的阶段：第一阶段是维持人类生存所必需的生活，第二阶段则是超过这种必需的生活，即超过一般的生活程度的奢侈生活，不合理的生活。人们要是过着这种生活，或是希望过着这种生活，那就必然要用不合理的手段去达到这种目的。譬如黄秋岳吧！他是国民政府行政院的荐任官吏，每月至少有五六百元的俸金，而他的儿子又任外交部机要秘书，也是好几百元薪水，父子两个合起来，每月有一千多块钱的进款，就常理说，他们的生活是不成问题了，实则他的开支还是不够，因为他有几房太太，有的住在南京，有的住在上海，自然是公馆好几处，他每星期要到上海一次去分点爱情给住在那里的松鼠儿或是小鸟儿。而且他的应酬非常之大，他的公馆里常常是宾客满堂，这末一来，正规的薪俸自然是不够了，于是就不得不四处张罗。帝国主义者的驻京使者便趁隙而入了，他经过汉奸元勋郑孝胥之介绍（有人说他得入行政院是梅兰芳荐给某秘书长的），得认识'须磨'（日本驻京总领事，后来曾代理过日本驻华大使），受了他的津贴，始而不过要他供给中国政府一些普通情报，后来（即将要发生芦沟桥事件的时候），日本的侵略者晓得他们生活的锁链已经把黄氏困住了，遂翻了面孔对黄说道：'我们每月对你花了两三千块钱，而所得的情报都是些不重要的，此后可不行啦！必须有特别的有价值的消息，不然，此项津贴就要停止。若果你能供给重要消息，不但不停止津贴，并且按照消息之重要性的程度加等酬劳。果真你不答应，我们就要把你给我们透漏中国政府的消息的事实报告给你们的政府，那时，你便要马上问罪！’这时黄氏若果不答应，事情闹出来，真是‘吃不清兜着走’，而且眼睁睁地富厚优裕的生活马上就要失掉，一方面又望有着更加优裕的境遇，于是把心一横，眼睛一闭，便死心塌地做汉奸。千古做贼的，大半都这样地演成的！这能说不是生活问题害了他吗？”

我方在沉吟时，他又接着说道：“平心而论，若果没有十年的内乱，也不会产生出这么多的汉奸！”

“这话怎么说？”我说。

“十年来的内战，”他说，“即铲共（讨赤），谁是谁非，现在我们都不必谈了，因为‘国共合作’已成事实，从前的旧账只有把它一起葬送在惨痛的回忆中了。但是痛定思痛，追求今日的高等汉奸如此之多的原故，不能不说是这种内战的必然的结果。因为政府既决定实行铲共，讨赤绝俄，自不能不和其他列强（尤其是日本）表示友谊或退让，古人说的好，‘楚王好细腰，宫中多饿死’，又说，‘上有好者，下必尤甚’，这末一来，当局虽无心教他们做汉奸，而无形中便散播培了养汉奸的种子，一些望风承旨，丧心病狂的官吏便不知不觉地走上了汉奸的道路！总而言之，统而言之，我们对付汉奸虽然必须严刑峻法，但是若果要从根本上铲除汉奸，那就非：1、使民众的生活一般的改善；2、使民众对于政治获得自由发挥其性能的机会，因此使他们对于国家具有一种欢欣鼓舞的热情。”

我狠狠地打了一个寒战，茶坊催促上船的呼声，打断了我们的谈话，我们只得握握手说：“再会吧！”

火般热跃的武汉

徐蔚南①

丹林社兄：

从武昌到汉口来回的轮渡中，时刻有许多难民贩卖着各种书报。从难民手中购买书报，在心理上仿佛格外舒适似的，因为像煞也帮助难民一点忙了。所以在轮渡上，向难民手中买书报来看，几乎成了一种习惯。什么都买，报纸，杂志，甚至儿童的读物。前天渡江时，买到《大风》一册，见是逸经社和宇宙风社在香港合办的刊物，心中已很快慰；揭开来，便看见有文先生的大文，还有老兄的，还有叶誉虎老先生的，心里焦急得很，想把平素亲近的朋友们的文章，在最短的期间里，一口气看完。

① 徐蔚南(1902—1953)，江苏苏州人。散文作家，史学家、外国文学翻译家、出版家。早年留学日本，精通日、法两国语文，曾任浙江大学教授。代表作有《春之花》等。本文原载《大风》1938 年第 6 期。

你想八九个月不见面，也不通消息，突然间这许多亲爱的朋友在我面前出现了，他们娓娓地和我谈笑，陈述意见，您想，叫我如何不兴奋，如何能不贪馋地想把他们亲切的谈话一口气吞下去呢！战争使我们的日常生活脱出了轨道，战争疏远了我们的亲爱，战争使我们各自努力为民族解放而奋斗！但是我们友侣的心，却无论怎样的隔离，总是紧紧地联系在一起！

每天清晨六七时之间，常常可以听到鼓声、号声和跑步声，“一，二，三，四”，那便是大队的军士或者壮丁，在我寓所临街的窗前经过。他们壮健，活泼，勇敢，整齐，结成一条铁链，每一个人便是铁链中的一环。在大街上，又时常可以遇见一队队女学生或女兵唱歌游行，“起来，起来！”的进行曲飞满了市街，谁听到谁都感到悲壮与激昂。每次看到军队，壮丁，青年男女的列队行进，心里一方面感到异常的高兴，勃勃然有生气。一方面觉得很惭愧似的：国家到“最后的关头”，他们这班军队、壮丁和青年男女都准备着立刻到最前线去和我们仇人肉搏，而我们这班文化工作者，虽站在自己的岗位上，各自努力，但对于到火线上去浴血战斗的英雄，总感到自身的渺小而惭愧呵！

图 10　武汉童子军为前线将士征集夏衣
（原载《东方画刊》1938 年第 1 卷第 4 期）

每次遇见中央军官学校里的学生，常使人万分感动，第一他们都有壮健的体格，充满勇敢活泼的精神；第二他们都受着严格的科学训练，真不愧做我们未来的军队的中坚人物。他们生长起来，坚强起来，真是我们新的长城！不仅对于这一批青年未来的军官，就是少男少女的童子军，也使人异常的兴奋。有一天是童军纪念节，武昌的男女童军在一个地方集会纪念，纪念会开始的时候，他们大放其爆竹，爆竹声刚停，空袭警报跟着也来了。但是空袭警报对于少年的童军有什么影响呢，他们照常开会演讲，而且喊口号的时候，喊得特别的亮响，万岁！中华民国万岁！从每个少年的胸中爆裂出来，比炸弹更响，更震慑屋宇，是几百个男女少年的心结成一片的口号，是一个口号，是一个钢铁锻炼成的口号，像高射炮一样击破了玻窗而冲出来。纪念式完毕后，这一班的少男少女便东一堆西一团向四处空地散开，他们中间最大的不过十七八岁，最小的只有六七岁。这样的少年，你应如何能叫他们静止，他们吱吱喳喳是一群小鸟，叫着跳着，心焦着警报的解除，他们还要到街上去游行哪！等着等着“呜呜呜”汽笛响了，果然警报解除了，立即他们的鼓号与军号一齐响动了，散开各处的男少年迅速地集合，迅速地列队行进。我充满着爱情的眼，送着他们一队队的出门去，伫立在庭中，一直到鼓声号声已飘荡在时空，才回进我的房间。

我个人在武汉，生活如常，只是生平唯一的嗜好品抽纸的烟，却感到经济重压了。大三炮台最贵时要三块钱一听，吉士骆驼每包要卖大洋八角，甚至红锡包也要一元五角五十支，所以想把纸烟也戒除了，可是纸烟仿佛也是一个伴侣，连纸烟的伴侣也抛弃，未免要感到太寂寞吧。现在虽则还没有抛弃，我想有一天非抛弃不可时，也只有抛弃，所以时刻准备着对纸烟喊再会吧！

全国文艺界昨日在汉口成立抗敌协会，情形很热烈，《大公报》记载得极好，今且剪奉一阅，不另叙述了。在港的知友甚多，可是通信的极少，遇见时烦代为一一致候。筱丹同学近况如何？念念。专此，敬颂

文祺

弟徐蔚南启

三月廿八日写于武昌

黄鹤楼上看武汉

吉彭信①

武汉，这拥有百万人口的都市，中外人士对它的观感，一向是毁誉参半。战前一些不愉快的社会色相，经过了八年的火洗礼，大家都以为定会随着时代而毁灭，哪知美景只是昙花一现，从光复到现在，算日子已有两年又七个月，无论就哪一方面说，究有哪些德政值得歌颂呢？今天的武汉，正气完全湮没，完全成了恶霸集团的天下，地方上的大小事，根本不顾及民意，只须少数"公"字号的恶霸，私下交换一下意见，说声可与不可，或者扛出恶霸集团的王牌来，彼唱此应地表示一下，就成为例行的定案，所谓真正的社会贤达，如今已不能发生

---

① 吉彭信（1913—1994），江苏泰州人，早年就读于江苏省立教育学院社会教育系。曾任《大公报》驻汉办事处特派员。本文原载《中美周报》1948年第286期。

领导作用。

自从中原军区问题，在卅五年的七八月间解决以后，鄂北，鄂西虽仍有少数地区不靖，但武汉总算平静地安度了两年。从卅六年十月初以后，鄂东十一县相继卷入战区，接着鄂北、鄂西、鄂中的十多县又陆续遭到窜扰。当时武汉过境的部队虽多，却没有一名能够常驻，地方仅有的一点自卫武力，各色各样合并起来，能够担负防守任务的，共计不足八千人。以致每次外围的战事一经转紧，武汉的空气必跟着紧张。近两个多月以来，因为鄂东、鄂中、鄂北等方面的清剿工作告一段落，战事渐趋沉寂，同时湖北的警备旅已在武昌宣告成立，三镇外围的防御工事也在赶工完成了一半以上，除把市郊现有若干湖沼正在凿成一道新的河防外，并且大兴土木，加修一百多座新的壁垒。

硬币虽说早经政府宣布停止流通，近年因为通货膨胀得太利害，法币日渐贬值，于是又引起一般人对硬币发生好感。各省虽间有以硬币做买卖的，但无论如何没有湖北境内来的普遍。武汉是湖北惟一的都会，市场上用硬币做买卖的竟成了公开的秘密，到处一片叮咚声，不仅买卖场合已按硬币的涨落作转移，就连租房子，雇佣人，请奶妈，买壮丁，以及嫖赌场合，多数都改以硬币作单位了。据某地方报载，今年汉口买卖黑市壮丁，大都一百元硬币一名，普通的买卖人一开口就是涨得并不多，只值硬币几块等一类刺耳的话。而专门经营硬币交换的露天钱摊，居然在汉口统一街一带公开形成一个特殊的市场，每当涨落有信时，场面便热闹起来。虽然偶尔也有时会看到警察们去驱散一下，不过这是不大常有的镜头，驱散以后，不久又可照常复员。金管局也表示过好多次非予查禁不可，但是行不通。

"码头处处有，惟有武汉坏"，这不仅是路过武汉的人有此同感，就连武汉的地方官和市民们，也一致直认不讳。武汉的舆论界，不知评论过好多次，结果笑骂由你笑骂，横竖吃亏的不是他自己。据说抗战以前虽坏，却没有坏到今天这步田地。近两年多来，各有关机关，不知开过多少会，宣布过多少次彻底整理的支票，结果不仅没有看到一点进步的迹象，反而愈过愈不成话。既然码头有劳方的公会，又有官方的管理所，督导机关也不算少，为什么老是撑不好？实在令人难解。目前普通

图 11　汉口市警察总局外景

(原载《警察画报》1948 年第 12 期)

图 12　汉口市警察局自行车巡逻队
（原载《警察画报》1948 年第 12 期）

一个旅客，如有两件行李想从轮船上搬到岸上，就非经过三道手续接转，付给三次力钱不可。一个客商如到轮船公司仓库里提一件货，普通不花两道力钱，绝对不能搬到仓门口车子上的。每件出仓费动辄索价十万或廿万不等，全听力夫们信口开河，否则休想搬运。据说目前一个挂名不做事的码头总领班，每月可以坐地分肥十几亿，一个二头脑也常有十亿八亿不等，就是三头脑也还有两三亿上下。真正出力的力夫，经过七折八扣以后，收入最好的每月不过两三千万。结果每一个码头的每天收入，除了养活靠码头为生的人，另外还要供养若干不露面的吸血虫。去年徐家棚码头所演的大血案，不知牵涉到多少撑腰的权贵，一直告到中央，拖了将近半年才解决。

社会愈动乱，光怪陆离的事愈多。整个国家处在动乱的情况下，逼近烽火边缘的武汉，自然不会例外。地方报纸的本市版，近来都以各色各样的社会新闻，什么“自戕”“自尽”“拐骗”“欺诈”“谋害”“奸杀”“私奔”“投江”“服毒”“罢工”“请愿”“捣毁娱乐场所”“冒充军官”“市虎伤人吃人”“拿获烟贩”“揭破毒案”“集团公开明殴”“大规模豪赌”，以及什么“离奇的劫案”“蝴蝶党猖獗”，几乎层出不穷，天天皆有。最近武汉的黄包车夫，居然异想天开，常常开价三千五千，哄骗客人乘坐，等拖到目的地以后，便不顾信义，破口勒索，硬非关金几千几千不可。尤其常骗带有行李的过路客，近来不知因此引起好多次纠纷，打过好多场架。

今年武汉耐人寻味的事真多，上周联勤总部的驻汉某仓库，曾发生过一次大的劫案，主犯正在侦审，案子还没有破，不料该库在十四日夜突又续告失窃，失去黄卡其布二百码，白卡其布三百码，窃犯在进出的洞门口，除留有血迹数点，并存放字条一张，上书“我们是老乡，我现在要离开了，不要难为别人……”等语，大有“杀人者宋江也”的风度。像这样一个戏剧化的劫案，似乎在今天还不很多见。另一个有趣的新闻，是关在汉市警察局劳动队里收容的惯窃李官清，最近有一天晚上利用大雷雨的机会，受派驻该队的警长张江洪所指使，跑到兰陵路缝纫生产合作社的楼上，偷去西服料子几十段，价值好几亿，经刑事队多方侦查后，原来是堂堂警长命令惯窃表演的一次绝技，竟不幸弄假成真，戳穿了破绽。现已由市警局取回全部赃物，发还原主，并将张警长和劳动队队长王鹏，一并撤职，交刑事队审讯法办。

物价涨风逼人，不仅仅关系某一个地方，早就成为全国的全面问题了。如今能不为物价发愁的人，实在太少。武汉因为地位和交通的原因，在经济关系上一向和京、沪、湘、赣较为密切，自从粤汉路全线通车后，又和港、穗发生关系。所以近两年来，无论京、沪、湘、赣、港、穗等任何一地的物价，只要一起了风浪，武汉不免都要立刻受到影响。三十四、五两年，因为邮电交通上不畅，和埠际间专门传报行情的秘密电台极少，往往京沪港穗的物价，波动了三四天以后，武汉才跟踪跳涨起来。可是从三十六年以后，情况不同了，只要京沪港穗当天起涨，第二天武汉就要尾随着上升。近三四个月来，却更加进步，往往上午的消息，中午传到了，下午市场就会骚动。不仅逼得升斗小民和公教人员喘不过气，就连一般银行公司的职员，以至资本较小的买卖人，也纷纷叫苦连天。今年阴历年关前后，由于各方竞相来汉购粮，粮商乘机作祟，以致造成粮价领导物价的涨风，并且突破了全国粮价的高峰，普遍刺激得人心惶惶不安。所幸湖北境内的战事沉寂，否则社会秩序必受影响不小。当时不仅逃来武汉的十万余名难民的救济成了问题，若干公教人员更急得跳脚。直到二月中旬，才稍微转趋稳定。那知道稳了没有好久，金钞又领着粮价和物价连续涨了两三次。公教人员通电呼吁了很久的待遇等级问题，最近虽经中央特准提到八万五千倍，事实上又有什么用？据官方报告，武汉一月份的生活指数是十四万多倍，二月份是十七万多倍，三月份可能在二十四万倍上下，如按二十六年公教人员的生活指数作比，则涨到二十八万倍了。

一个都市的市政办理得好坏，对它的繁荣关系极大。武汉在战前虽有租界存在，情形比较复杂，但市政的政绩，一般的批评起来，还不算太差。可是复员了两年多以来的情形怎么样呢？倘就三镇来比较，武昌环境较为单纯，人口也不多，似乎表面上还过得去。汉阳除原有的工业区毁成废墟外，其他大致没有什么变动，如果武汉大桥不能兴建，其重要性可能会日渐降低。汉口在半年前恢复为院辖市，论理不应和武昌、汉阳相比。过去两年多以来，不仅没有看到新的建设，就是恢复旧观，也还遥远得很。平日只见市府上下，天天在忙着“开会”“座谈”“选举”“会报”“迎送”“报告”“筹算”“开导”“调查”“评议”“管制”“派捐”“加税”，所有市政上的真正政绩，简直没有看到丝毫足以使人兴奋的表现，就连最起码的市政工作，都还没有办到勉强过得去的水准。一有暴雨，就是到处臭水横流。学校的数量虽比战前增加，可是办理的成绩又都很坏。办有三四十年的水电事业也都弄得一场糊涂，常常停电停水，这固然都与财政有关，不过为政在人，有时纵然政府没钱，只要办理得法，处置有方，同样可以完成有计划的建设。远景不容忽视，目前虽说工业在患着瘫痪症，奄奄一息，市场仅有表面的繁荣，但如地方当局果能决心励精图治，无论大局怎样，起码的市政工作是绝对可以办得好的，目前市民的负担虽重，我只要能够取之于民，用之于公，行之得当，就是再增加市民一点合理的负担，市民们是不会起反感的。总结一句，还是为政在人，环境要人来克服，看看近半年来的重庆和广州，充满着一片求进步的建设声，便是好的榜样。

水灾威胁下的武汉

一　羽①

在这多灾多难的年头，战火蔓延，物价狂涨，全国各地早已弄得民不聊生。老天爷似乎觉得中国人苦还没有受够，除了这些人祸之外，还要加上一重天灾。今年湖南滨湖各县多成泽国，湖北全省七十余县中，遭匪患的已有四十多县，而被水灾的县份，到目前为止，也有三十九县之多。华中的重镇——武汉，也感受到严重的水灾的威胁。民国二十年的洪水之患今年是否又会在武汉重演？笔者并非专家，不敢妄加揣测，只能将最近的情况略加报道。

湖北的水患是有它地理上的原因的。长江干流横贯全省，支流大的有汉水，斜贯北部和中部。小支流更

① 作者生平不详。本文原载《时与潮副刊》1948 年第 10 卷第 3 期。

多，差不多分布全省各地。而且江汉之间，湖泊星罗棋布。所以每当江水上涨，沿江各县多遭波及，如遇雨量较多的时候，山洪暴发，内地各县因湖泊积水泛滥，亦易成灾，湖北境内预防水患的江汉干堤长达一千八百余公里，支堤分达临近各县，全省人民的生命财产，差不多有半数以上，全赖堤防保障。抗战期间，因借堤身作防御工事，挖得千疮百孔，胜利以后曾利用行总救济物资兴办堵口复堤工程，但因工程浩大，还没有普遍修复。去冬以来，江汉工程局继续进行各堤段应修工程，以人力财力有限，加之匪区各县常受到侵扰，修复堤防工程因此颇多困难。今年江水猛涨，各地堤防常有险象发生，武汉三镇也已经受到水灾的威胁，防汛工作已到了紧张的阶段了。

现在我们只来谈谈武汉水患的情形。

约在两个月以前，有几天的傍晚时分，当一钩新月挂在天空，疏星未现的时候，我们常看见一颗特别明亮的火星，紧依着月亮的身边。这一个往常很少见到的现象，引起了很多人的注意。据老年人说，这叫“金星伴月”，是涨大水的征兆。乡间老农还有这样的俗谚：“穿

图 13　汉口水灾一瞥

(原载《生活》1931 年第 6 卷第 35 期)

图 14　粤汉铁路汉口车站被水淹
（原载《今日画报》1948 年第 2 期）

秋漏伏，锅里焙谷。”就是说起伏和立秋的日子下不得雨，下了雨，将来雨水很多，没有晴天来晒谷子。恰好今年初伏和末伏雨天在武汉又下了雨。由于这些传说，在武汉的人们，心中早就蒙上了一层阴影，担心着今年的水灾了。

武汉今年的雨水就比往年要多。春夏两季常是阴雨连绵，间或下几阵豪雨。汉口一地今年上半年六个月内的雨量就有 1 600 多米厘[①]。比长江流域历年的全年平均雨量 1 137.3 米厘为多。民国二十年长江流域全年的平均雨量也不过 1 343.9 米厘。今年汉口的水位已经超过了民国二十年同日的水位。民国二十年武汉大水的最高水位是在八月十七、十八、十九，这几天，到了 28.34 公尺，那时候，武汉的市街上已是水深数尺，稍低一点的地区全是一片汪洋。武汉今年的水比往年涨得早，因受长江和洞庭湖涨水的影响，加上春夏雨量特别多，江水自六月下旬就开始上涨。六月二十一日汉口的水位只 23.31 公尺，到七月二十六、二十七两天，涨到最

① 原文如此。

高点，二十七日的水位已有 27.03 公尺，较民国二十年的最高水位只差 1.31 公尺。从七月二十八日起稍微下落一点，仍在 26 公尺以上，八月七日起又开始微涨，到了 26.57 公尺。江水以后是否不会继续大涨呢？武汉今年的水灾是否可以避免呢？

我们且听听专家们的意见吧，与其说是意见，不如说是猜测。在几个月以前，南京某部的负责人曾保证武汉今年绝对不会有水灾，因为当时武汉的水位距二十年大水的最高水位还远得很，未免过于乐观一点。不久以前，江汉工程局余局长也推测过武汉今年的水位可能涨到 27.2 公尺。他说："如果有十天或半月的晴天，将这一次的水位略为降低，水灾的威胁也就不大了。"但愿专家们的推测是准确的，那么这一次水灾便可以幸免，不过这几天来，江水又有上涨的趋势，武汉的人们刚刚稳定下来的心，又有点惴惴不安了。

如果说要到武汉三镇已成泽国，城市中的高楼大厦都进了水，达官贵人，富商大贾无处安身的时候，才算是大水成灾，那么武汉现在受水灾的威胁可以说的确还不大。但是由于春夏以来淫雨多日，山洪暴发，湖沼泛滥，积水无处宣泄，武汉市郊各乡早被水淹，禾苗漂没，秋收无望，平民流离失所，水灾现象已够严重的了。

先就武昌来说，武昌土地堂乡因梁湖积水暴涨，稻田被水淹没的已有十之七八。近郊鲇鱼套内大水已平铁路路基，鲇鱼套旧车站月台上住了不少受灾的棚户。武泰闸武金堤、下新河武丰堤和大堤口附近江岸，都曾发现浸水和缺口的现象，业已设法抢修，汉阳方面，里河沿岸高公桥到徙马口和长江沿岸东正街到衡山会馆一带均被水淹。汉口沿江一带因沟水盈满，沿江大道附近地区曾漫起一片积水，江汉路、洞庭街、友益街等处较低地面，也曾积水浸街，深达数寸，张公堤内沿堤数十里已成水库，灾民多在堤上搭盖棚屋以作临时栖身之所。而灾情最严重的还是后湖区域，因该处地势颇低，湖水泛滥，农田房屋多被淹没，受灾人民约在十万人左右。汉口市政府曾发放赈米并拨款数十亿救济后湖灾民，也不免有粥少僧多之感。据说将灾民分成三等，甲等发款二十万元，乙等十五万元，丙等五万元，但是现在二十万元也只能买两根油条充饥，这对于无衣无食的灾民又有什么帮助呢？

最近武汉各大中学学生已在发动募捐救灾运动，他们冒着炎热的天气，亲往水灾灾区调查，同时在街头，在轮渡上募捐，他们所能募集的款项虽属杯水车薪无济于事，但是青年人的热情是可感可佩的。事实告诉我们，真正踊跃捐款救灾的，大多数还是穷苦的公教人员和靠自己的劳力谋生的人们，他们所能拿出来的钱虽然极有限，但是他们却贡献出了一颗伟大的同情心。在这多灾多难的年头，只有生活最艰苦的人们才能体验到，才会同情，比自己更苦的同胞们的灾难，住在高楼大厦里的人们又有几个去理会受灾的同胞们的苦痛呢？

鄂省人士鉴于全省匪患水灾的严重，最近也在发起组织湖北省、汉口市灾难救济委员会，已于八月七日举行筹备会，并拟成立京、沪、渝等地分会，以备筹款救济灾民，这对于武汉嗷嗷待哺的水灾灾民未尝不是一个好消息，但不知道该会的救济在什么时候才能真正达到灾民的身上。

随着水灾的发生，我们想到一个颇为严重的问题。民国二十年的水灾虽然是大，但那一年还有春收，有些地方早稻也收割了。今年因为水涨得较早，春夏二季的农作物大部分都已被水冲没，农民一年的生计已告绝望。加之在这赤日炎炎的天气，大水冲没的区域，灾民群集的处所，最易发生疫疠，灾区的人民不死于水，也会死于饥饿，死于疾病。幸而活着的灾民，受不了生活的压迫，难免不相率逃亡或铤而走险，这是一个隐伏着的危机。救灾如救火，对于灾民的救济的确是刻不容缓的事，希望负救济灾民之责的当局能加以注意。

目前武汉受水灾威胁的情形，已略如上述，至于一般人最关心的，武汉三镇今年能否避免民国二十年大水的劫运？现在还难以断言。只有看以后江水是否不再大涨，和武汉负责防汛当局如何了。

武汉劫灰录

杰克·贝尔登①

十月廿五日夜

刚过正午，日本军队的炮弹就在离江岸八英里的汉口市内落下来了，日本的飞机在从汉口到沙市的公路上掷下炸弹——那成百的难民和伤兵恐怕都遭到厄运了。长江北岸，从黄陂直达汉口的大路上，早已阒无一人，日军要长驱而入已是毫无阻碍的了。

日租界的日商产业，及沿江的日本大厦还继续地在

① 杰克·贝尔登(1910—1989)，美国人，出生纽约布鲁克林区，为美联社记者，著有《中国震撼世界》。本文原载《杂志》1938 年第 3 卷第 1 期，由陈季译述。陈季在文前这样介绍杰克·贝尔登："在此次中日战争中，出入华军前线，屡以忠实详尽之通讯飨我读者。如平型关、台儿庄、徐州诸役，莫不有极生动之特写，为中国新闻记者所不及。"

轰炸着；然而以整个的汉口市计算起来，被炸的区域还是很小的，因为有许多已经装上铁栅栏的房子都还没有发出这种爆炸的巨声。

我在美孚油公司的旧的水塔上瞭望：日军的七五生的大炮，以围绕的飞机作目标指示，还在拼命地向树林中放射，日军或者以为这里都还隐藏着中国的兵士吧；而其实，在那里，只有些旗帜，或许还有二三个伤了腿而不能走路的“半死人”而已。

今日清晨，平汉路上的大桥就被中国兵士炸毁了，巨声起处，只剩下了一根钢条。

中国军队的大部早已向西退出了。不过，日本的炮队太小心，他们还要对着空洞的防地开着大炮。在美孚油池的附近，一堆中国兵安静地睡着，或吃着，他们似乎还不会晓得日本兵的就要到来。

今晨，我坐了汽车，望平汉路东面开去，平汉路工程处的门口，有好几辆货车在燃烧着，但修理厂本身则尚未被延及。此外，我又看见在日本营盘的旧址那边，有几个中国兵士正从那冒着烟的残瓦里缓步过来。

“看来似乎不很好？”一个兵士指着汉口市区的大

火，对我说。

我又向前进，日本飞机的机关枪弹像雨点一样洒下来了，我在树荫下避了一避，在那里，遇到了几个六十七师的女兵，内中有一个向我说："你不能再往黄陂那面前进了，日兵已在十英里之内，我们早已搬防了，他们任何时刻都可以冲过来的。"

我问她们："到哪里去"？她们说："将沿平汉路而退。"那时，我又告诉她们说："那边已经路不通行了。"

后来，我看见她们越过阡陌，而往通向沙市的五条路上驰去了。

张公堤旁边一个小湖的四周，和黄陂公路上，我看见了许多平民的残骸和草屋的余烬。

在回到市区的途中，我两次遇到日本轰炸机的俯冲，飞得十分低，使我可以看见那机中的驾驶员的面目，幸亏飞机上掷下来的不是炸弹，而是轻飘的传单。那些传单很多，我不会去看他，也不见有别人拾起它来看。

法租界的铁门外挤满着难民，他们总是对着那防守栅门的中国巡警说："大家是中国人……。"警察当然是很表同情的，但他也没有方法开这铁门，只能用手指示，

图 15　日机飞临汉口上空

（原载《远东摄影新闻》1938 年第 1 卷第 2 期）

图 16　日本空军投掷燃烧弹，导致汉口民房大火
（原载《东方画刊》1938 年第 1 卷第 6 期）

教他们向特二区、特三区那边去。他们大多是抱着被褥,坐在街沿上,许多还流着眼泪。

那大火,被东南风吹着,从长江边,横扫日租界,一直延烧到半英里以外,威胁前德国租界。

当我正在写这段电讯的时候,时常被突发的爆炸力所震动。法租界的四周都累有猛烈的轰炸。而遥望武昌,在蛇山两旁,也已火焰冲天,蒋委员长的办公处大概也已延烧着了吧?还有,那面的汉阳,许多大工厂的大烟囱里也都冒出很大的火舌来。

外侨的义勇军都出动了,英国的水兵亦于夜间六时登陆,开入旧德租界内,以防止日租界巨火之侵入。

汉口之今夜,天空中全是血红的火光,那阴雨的浓云都给闪烁的巨焰所冲破了,几秒钟之后,雷响似的炸声,又遍地发生,跟着便是一股股冒气的黑烟;而大火起处,有时火舌竟直冲至三百英尺的高度。

中国实行了"焦土政策",卫戍司令部现仍巍然直竖,里面留着的下级军官们则是监视那"政策"的实施者。

下午五时三十分,第一声巨响振动了沿江的马路,

图 17　汉口第三特别区(旧英租界)街景
(日本军事明信片)

许多玻璃震碎了，继之也发生了许多爆炸声，恰与日军所开的大炮联相呼应。这种声音后来又延到了武昌，而最后则武昌的对面（汉阳）也起了二十个大小不同的巨响。

于是，还居留在汉口的人民都跑了出来，在街上散开着。眼见一架飞机，从长江中起飞，越过租界的屋脊，冒着那两岸的火光，向重庆那方面飞去，一个站着的人呐呐地念着："这是从汉口去的最后的航机了！"

那些火焰所给予汉口的损失，最少估计为国币一千万元。……

街上黑漆一团，这里我只能看到一缕灯光，那是天星饭店。那一个欧亚混血的寡妇所开的花店和咖啡店，本来是留守于汉口者的惟一的寻乐处。它还有着灯光，但是决不能再播出西乐队的钢琴与提琴的合奏声了。天星本来是汉口的青年人的"母亲"，现在她正喂养着她的侍者的眷属，以后面小花园中所种植的菜蔬来充饥。

一个法国的水兵弹着悲调的手提风琴，对灯光而长嘘。

十月廿六日

以炸药、火棉和火焰，答复了整个的日本和平的谣传。

日本军队今晨也许有会开进汉口的，谁也这样想。但是，进入汉口的日本兵士将发现到一个已经被火焰所包围了的，毁灭了的城市了。而在前日本租界内，日人商店的灰烬还是温热的，残瓦破砖也还在那里冒着烟哩！

在墙上用日文写就的标语，将瞪着眼睛似的告诉给日军：

“日本的士兵啊！汉口是你们的坟墓！”

“虽然你们以侵略者的身份来到这里，但是没有一个能够活着回去的了！”

此外，日本的商人也可以读到如下的标语：

“你们当记得这个国家在平时和繁荣时的情形是怎样的，现在，你们可以看到这破坏后的面目了！和平贸易呢，还是军事侵略？请你们自己选择吧！”

“我们已受到了很大的教训，我们已知道了的人是谁，我们将战至最后一弹。中国是有着广大的土地的，在我们的背后有着高山大川，你们这些小人自以为能侵入吗？哈哈！想想你们是多么怀着家乡啊！”

到了此刻，汉阳方面有七处大火，汉口市区有两处，日租界有两处，武昌方面有无数处。一位天主教神父刚从武昌过江来，他说：那面的外侨均安好。中国兵士俱能守秩序，就是买食吃，也都付现钱。

午夜之后，到天亮，仅有一次大炸声，火焰还仍向上怒吼；但是大部分却已有衰下之势。

今日清晨，特三区的边境上，中央银行的地下室也突然爆炸，轰声震动了遐迩。那是蒋委员长的旧官邸。我恰住在附近，窗门都震坏了，玻璃散了满街；因残骸的纷飞，烟雾的遮天，我几乎一时失明了。

虽然无线电中在播告着：日军已进抵汉口市区的西北角；但是到那边去巡视了一下，仍未见到一个日本人，而只看见中国兵士仍有列队退却者，几位航空人员很高兴地坐在运货汽车上，飞驰过那条渡到汉阳去的桥。

在旧德租界的角子上，我遇着一位卅二师的兵士，似乎很负责似地在看守着一处大火。我上去问他：“你为什么还不走呢？日本人今天或明天必到此地。”他却回答着：“卅二师早已过了汉水，但是我的脚疼痛难行，我要看一个畅快，我预备看见第一个日本兵时才进医院去养伤。”我再向他说明：“此地已经没有医院了。”他才拖着沉重的步伐，向山西路那边去。

我祷告：他能在半途中死亡。

英国的水兵今日在英领署隔壁的日本游船公司栈房里搬出了不少炸药，投在长江里。后来又在横滨正金银行的大厦中搬出许多炸药和中国军队的来福枪、钢盔及零星的战事用品，也一齐投在长江里。

这两件工作是在英国领署与饶神父及齐尔孟主教（此两人即难民区之主持者）向中国当局商妥了割断特三区内所有的炸药引线之后才实施的。

此后日本邮船公司办事处里的炸药也搬了出来，因为他是邻近怡和洋行的大楼。

据说武汉卫戍司令罗卓英将军拟将汉口全市毁灭，但经商会婉转要求，于是罗将军遂辞职，遗缺交郭忏将军继任，也就是把汉口“焦土”工作交给了后任办理，郭忏在两年前曾担任过武汉警备司令，与当地中外人士颇相熟，经英人及商会恳求之下，在特区内日本房产遂得藉之保全。

周恩来将军，昨夜始离汉口，曾对我说过：因各方面的要求，我们不得不放弃汉口变成莫斯科的步骤了。（他所指的莫斯科系指拿破仑远征帝俄时代的莫斯科，当时曾实行焦土政策过的。）

据在廿四日实行安排炸药的工人告诉我说：属于日本人在汉口的房屋的毁灭计划是有一特殊部队执行的。

当日租界的火焰最盛旺的时候，那火势直接威胁旧德租界的铁门口，许多火焰已经在德租界的房子里穿进来了，一个原中烟公司的职员没有弄到了救火管，有许多中国苦工正帮着英国水兵去扑灭蔓延的火，外侨看了都颇赞许。

在海军青年会（法租界内）的门口，贴了一个告白：“上陆队伍之主要任务是中日警权交替之保护外侨的生命及财产。”下面还注了一项小字：“决不可向任何交战国的队伍有所抵抗。”

另外有一个告白：“如查有饮酒滋事者，军法从事不赦。”

十月廿七日

正当外侨们悚惧惶恐躲在寓所里面，喃喃念着“天灾的降临”的时候，日军已越汉口市的西南，向岳州进展，同时想截断粤汉路的南段。

但是，据我们探悉，汤恩伯、罗卓英及万福麟三将军及其部下，已经依据第九战区司令官陈诚将军的计划，在某处部置一条新阵线。同时，张治中将军已就副司令长官之新职。

同时，白崇禧将军也正在规划一大规模的防御计划，他已内定为新的湖南省主席，所以他要建立一条湘桂的共同防线。

中国军队之全部撤退可以说在最佳的军事行动之下是实行的，损失极少。李宗仁将军向西移动，集中于襄阳一带。台儿庄战役之英雄，孙连仲将军的部下的六师兵，则在信阳以南的平汉路上。胡宗南将军，这个“蒋委员长最得意的学生”已在信阳之西北，指定向潼关及西安方面担任防务。

据我所知，蒋委员长离武汉后即暂时驻节长沙，英大使寇尔现赴衡阳，即预备向蒋委员长在最近的将来有一次谈话。

长沙，在目下已是中国军事的中心，冯玉祥、叶剑英（第八路军的参谋长）及其他的军事领袖，现均在实施着原定的大防卫计划了。

日本的军部很显明地正在想不再蹈南京攻陷后之覆辙（前在南京陷落后，日军曾一致迟迩不进——结果遂予中国军队以充分的布置）。此番，日军欲想给予“防卫者”以一个整个的“歼灭”，立即追上了去。但是，据此间日本方面的视察，认为中国军事设备纯属谣言，他们说：“不过在汉口附近有一些渺小的军事设备而已。”——这当然是不对的。

到现在为止，那日本军队的行动恰合于“日军进占中国城市的标准行为”。昨夜，我违反了美领事及其他记者的忠告，到市区去兜了一圈。在日本防军面前走过，他们把枪向我身上一扬，叫我“快滚”。我窥见中国的店里都是日本的兵士，在不花钱而喝酒，还点起了无数的蜡烛。当他们看见我的时候，露出狰狞的牙齿，我的一个中国车夫，我以为他一定已饱受惊吓了，但他却一些也不战栗，像煞面前的一切已经勾起了他的哲学家的幻想。

“海军大演习”的耀武扬威，比那般恣肆的陆军更为瞩目。二十艘炮艇，一百条钢板小船，在江边上驶来驶去，空中的飞机绕着它们的头上不停地转着。这可以说是去年十二月里苏联飞机演习后之最大“表演”了。

除了海陆空的“演习”以外，这里还有一个显著的现象！那便是外侨的畏崽怕事。现在英美水兵都已从特二区退了出来，竟自称“无权保护此段区域”，但是，很奇怪的，到现在为止，日本军队却也并未闯入。

正当我跟美领事二三外领职员立在一起的时候，几个日本兵跑过来，围着我们，带着威胁神气说：“我们要进特三区，看一看横滨正金银行的所在！”

空气似乎暂时紧张起来了，幸亏莫菲夏（又一个美联社的记者），他能讲日文，总算解决了这宗纠纷。

在邦可花园里，十一二个日兵聚着喝啤酒。我走进去，内中有一位会说英语的下级军官对我说：“那班兵从来没有来过此地。他们恐怕没有睡的地方呢，难免有侵占房屋的小错误,你们如果发现了,希望报告给我!"他说的真漂亮啊!

旁边忽然跑来一位会得讲日语的混血种对我大声地说:"哈!原来你就是大名鼎鼎的贝尔顿,跟中国军队一起跑的贝尔顿。我正在四处找你呢!你赶快去寻一个律师吧,等我回到上海的时候,我将把你的丑史昭告给上海的朋友。"

他是日本邮船公司的向导员,现在他正领着日本军士们在玩汉口的夜市。

他们,在那位俄国老板的客气之下,未付一钱,就扬长而去,而我却付了两元四角才换到一瓶啤酒。

饶神父,上海和汉口难民区的创造者,首先领着日军进入第一区,绕过难民区,再抵达中国市区。

"我成功了!"他喊着。

是的!不久以后,他的"成功"便是日军侵入了难民区。

英海军的桑达斯队长首先领路,查一查特三区里有无中国兵士藏匿着。秋寺少校,一个会说日本口音英语的矮子是领队。

“打得很厉害么?”我问着。

“我们没有战事。我们前进,十天,毫未遇到丝毫抵抗。”他回答着。

“我们到处都寻过了,并无大炮。”饶神父说。

“谢谢你,我们很高兴听到这句话!”秋寺说。

“不久就可以有和平了!”饶神父说。

“我也这样希望。我极端反对跟外侨做对,如有冲突请报告给我。”秋寺趾高气扬地说。

日本的先头部队大部分像刚从监狱里出来的囚犯,也许是俘虏所改编的,拖着污秽接排的车辆,和污秽的被褥。而在那个所谓“大游行”中,有许多鸦片烟鬼,大概是从燕子巢里捉来的中国“老枪”,握着大的日本旗,喊着口号,放着爆竹。

在日军未在街上出现之前,有几个中国市民手指着墙上的日文标语,正在读着,但是旁边有一个法租界里的警察就对他们斥骂着说:“见什么! 汉奸!”

今天,日本兵是从那所谓的汉口难民区之内之外,到了江之滨,蹲伏在堤边,很有秩序地执行着中国的“犯人”的死刑。正当那些“犯人”向滔滔长江行进的时候,这是根据好几个外侨所目睹的报告，美舰吕宋号上的职员及水手更能证实这一项事实。那般洋人都亲眼看着这“死刑”的执行。

中国“犯人”们也有穿着中国陆军的制服的，也有穿着平民服装的。

那实景是这样的：

前面的一群可怜人被后面的一队衣服齐整的人压着，“开步走”，由石级向下面行进，后面的人就发射了，前面的人有的倒在泥浆里，有的跌入江流中。

许多跌在水里的人并不立刻就死，那后面的人又“发射”了一排，对准着那般在水里挣扎的“人体”。

一个，两个，四五个……一共有四五十个。

正当这死刑执行的时候，一大堆的日本兵聚集在江边高兴地欣赏着。

这是一对一对地执行的。内中有一对自难民区里出来，经过江汉关大厦，进至太古公司的码头，推下水去，加以……一个孤独的中国兵，穿着褴褛的军服，被押着从江汉关前走下石级——距离英舰吕宋号只有一百码的地方。

那位兵士直挺挺地往水里走去：蹲伏在堤边的人，从他的背后“发射”到他的背上。他的脸覆在泥泞中，我在早晨七时的时候还看见他躺在那里。

遥望饶神父的难民区的室中，红十字旗正随风飘展，威严地。

与这件事正在同一时候发生的，是一个新的傀儡“政府”，号称“湖北全省保安会”，也在今天产生了。那个傀儡头脑的说话是：“吾等为此城之平安而产生，我等之目的为减少中国人民之牺牲，及中国人民之死亡。”

我终究寻到了这个组织。

两面五色旗，旁边衬着两面更大的太阳旗之下，在一所破瓦残砖的如花园非花园的地方，便是那伪组织的所在地。据说这是游戏场，是戏法者和吃开口饭者的混饭处，又是娼妓和街头安琪儿的交易所。（译者按：此系指中山路上的新世界。）

当我寻到这所房子的时候，他们正在搬场——据说，他们昨天就成立了——搬到总商会去；我就跟着到了总商会，并且跟这个傀儡头脑做了一次谈话。

他的名字叫做胡成春（译音），据说是曹锟时代的一个保定军校的毕业生，吴佩孚手下一个师长。他现在所用的头衔我弄不清楚，有的称他为“保安司令”，有的叫他为“主席”。

他是一位獐头鼠目的人，穿着西装，当我见他的时候，他十分谦恭，鞠躬相迎，他大概有四五十岁的年纪。

“我并不是这里的最高长官，他就要来的。”一见面，他就虚心地说。

他是从华北而来，曾在上海小住，到汉口约在一月前。认识他的人说：“在日本人未占领汉口以前，他对人不承认会说日本话。”他是一个湖北人。

“我们这个会是为保护湖北同乡而设立的。你总知道，昨天，日本军队开入此地的时候，一枪也没有开，一个百姓也没有死。你只要回顾到济南徐州南京的情形，你便知道我们的成绩。”

他继续不断地吹下去：“我希望全世界和平。但是要东亚和平，中日必须合作！”这是那辈人的老套话。

到了这时候，我禁不住，就问他：“那么你是不是以为蒋介石将军是和平的障碍？”

“我们不要说到他，我只管武汉三城。”是他的回答。

"我们之所以用五色旗,因为它能代表中国:也因为青天白日旗目下是不便用了。可是你得记牢,我的政府与北京的政府毫无关系了!湖北的百姓就是我的弟兄们,湖北的土地就是我的家园。我除了保护我的同乡外,绝不做任何行为。"话说得真漂亮!

日本炮舰队的旗舰亚鹰号舰长木土少将今日会拜访英美海军司令,他的目的是划清防守区域,双方同意下列的协议:

界限街上准许日本宪兵巡逻。(界限街系自英美领署到江汉关的必经之路。)

美英日三国人士均得在这条路上自由行动。

日方要求:得在此路上移动至中国市区。英国同意此项要求。

其他各铁栅栏都关上铁门,由英海军特别巡捕及中国巡捕巡逻。日军宪兵司令部以日文布告:禁止日兵侵入界限街两旁之横路,因为旁边的产业都属于外侨的。

日本及外国当局对上诉协议均表示满意。

但其他重要问题,如开放长江等,尚需待及川大将到汉后始得商量。

木土少将是欧战时出云舰上的大佐，曾在马尔太住过两年，也曾受过英国的勋章。

今天早晨七时，一个领署的洋职员开汽车到特一区，那里已是日军的驻扎地，去营救一位领署的中国职员的爱女，十八岁，长得很美丽，当他回来的时候，他说，有好几个中国女人恰巧住在日军的驻扎地的隔壁，当我寻着她们的时候，她们把自己关在上锁的门背后，颤抖着。据她们说，日本兵曾到屋子里来搜了三次，她们很幸运地没有被他们看见。

据那几个人说，那些人把这一区域内屋子里的家具都搬完了。许多中国的娼妓还没有离开汉口，都住在法租界内，她们本来预备跟着中国军队的运输车到汉阳去，但中国军队的突然退却使她们无从准备，而只得仍旧留下了。

还有一位，她叫做“冰冰”，她是以“走码头”著名的（译者按：“走码头”系惯于旅行各埠做生意之有经验的妓女）。夜里，在特二区的马路上，一手挽着一位特别包探，又一手则挽着一个包探的朋友，大声地说——仿佛是对着全世界说：“我不怕！”

投考武汉大学记

朱宝鑫①

一、升学的准备

在求学的过程中，进了初中便想继续进高中；而进了高中以后，便又希望进大学。差不多读书的青年——中学生们，都曾这样想着，除非是不预备升学的。当我在高中毕业后，便决定要进一个国立大学去读书，因为国立的大学设备完全，纳费便宜，就是招牌也堂皇些；而私立的大学纳费就贵得多了。

在高中三年级的时候，可以说整个的时间都用在预备学科方面。那时我所准备的是：(一) 国文——除作文

---

① 作者生平不详。本文原载《中学生》1934 年第 46 期。

外，注意国学常识，多做翻译（文言译白话）及标点的练习。（二）英文——除作文外，多做翻译（汉译英，或英译汉）及文法上改错，填字的练习。（三）数学——代数、几何、三角、解析几何都多做习题。（四）理化——多做练习题，并由教员多出试题。（五）史地党义——由教员摘要，并出问题练习。同时，又适逢教育部颁下了中小学毕业会考的通告，所以学校当局也很紧张地准备参加会考，多开复习课程与补习课程，以便学生选修。同时，皖省中学会考的办法也给我很多的利益，就是各科试题是由全省各中学出题，全部收集起来，先发给学生预习，再由教育厅于范围内圈定会考试题。于是我曾把全部的会考预习的各科试题，全做了一次；所以在大学入学考试的时候，曾发现些稍有出入的试题，是多么令人高兴的一桩！还有大学投考指南一类的书籍，也很给我不少帮助。

至于经济方面的准备，不过在高中毕业的那学期，预先由家庭设法多筹了六十元，以备投考之用而已。

二、投考的经过

去年的皖省中学会考，闹到七月七日才得举行，十日考毕。那时候我所要投考的两个大学——就是国立武汉大学与中央大学——的考期都迫近了。曾记武大是七月廿日考起，中大是八月一日考起，所以我于七月十五日便与同学五人乘火轮逆江而上。十七日晨到武昌。这也是为着省俭起见，因为武昌的生活程度较京沪都低些，且中大等校多在此地招生的缘故。十八日，便到武大城区办事处——在东厂口旧校舍——报名，缴会考证明书一张，四寸像片二张，报名费二元。本来应缴报名费三元，因武大试场在城外新校舍，来往须乘汽车，故免缴一元，以抵车费。而于考试期间，车费也特别的优待考生，只收半票，每人一角。在武大我所投考的是理学院生物学系，所应投考的科目是：第一天，党义与英文（有英翻汉，汉译英及改错）。第二天，数学（代数，几何，三角）与国文（作文，翻译，标点）。第三天，物理，化学，生物学（三者任择其二）。考后的第二天（七月廿四日)行体格检查。这才算完结了武大的入学考试。那时中央大学便在武大旧校舍招考,我又到中大报名,投考土木工程系,缴报名费三元,四寸像片三张,证书只要验武大报名单即可。但是,在中大考试的前一天,武大录取新生揭晓了,我已侥幸录取,内心颇感快慰。本想再考完中大,不料考了一天便受热生病,只得中止了。

三、升入的学校的情形

去年九月一日,我便进了武汉大学。现过着大学生活,已八阅月了。关于武大的情形,在此简单地叙述一点:

武大的新校址在武昌城外的珞珈山上,有汽车通达城内,交通很便利。校舍都是新建筑的宫殿式的洋房,可说是"碧瓦璀璨,宏大壮丽"。而图书馆,体育馆,科学馆,工学院与农学院都正在建筑中,在不久的将来都就完成了。校内现分文、法、理、工四学院,共有十三学系。设备方面关于图书、仪器、实验室、动办室与工厂等都是应有尽有的,可说是设备完全了。这里就风景说乃是

图 18　武汉大学远景
（原载《外部周刊》1935 年第 77 期）

图 19　建筑中的武汉大学图书馆
（原载《图画晨报》1935 年第 154 期）

武汉三镇最好的一块地方，有许多小山与苍松翠柏，还有广大的东湖，可以划船与游泳。环境既这样优美，生活也清静而安适，所以武大的读书空气是非常浓厚的。在经济方面，这里的费用也很便宜，每学期只收学费十元，体育费一元，图书费一元，伙食费每月约六元。若能省俭一点，每学期费用只百元已足了。

最后，我个人觉得在此良好的环境里读书，确有十二分的快乐。可是当此农村经济破产之际，来自农村的我，在经济上还不免要感到困难呵。

一九三四，二，十，于珞珈山

第二辑　楚天一角

武当山巡礼

峒　星①

中秋节底两天假期，它使我们提前实现了预计在明天春假里游武当山的期望。

出发时是一个黎明将至的深夜，整个原野虽支配在悄静和黑暗下，但当我们为卡车载着奔驰在行程中，皎洁的月色，竟像一个光明的赐予者，映照着她在沉没前的余辉。这时伴着寂寞的，是轮底接触路面不断发出来的响声；旷野的峭风受到车行鼓舞，正在后面升着灰尘的烟幕，夜寒侵袭我们，它在单薄的衣衫上拂起阵阵凉意。

然而，在没有踏完的旅途上，终于逐走了黑夜。曙光伸着试探地足步，月色和繁星也缓慢地滚下山腰，接

① 作者生平不详。本文原载《旅行杂志》1944 年第 18 卷第 12 期。

着赤红的太阳便从地平线上涌现出来，光芒直射到鱼白色的天空；于是大地的真面目一点点在视野中出现了。那些田畴、河流和山丘中的清新气象，真像在构成一幅绝妙地晨曦图画。

时间只有上午七点多，车便停在离草店镇过去不到十里路的元和观旁，九十公里的汽车路算在这里告止，但因为一部分同伴欲以滑竿代步。开始上山时已近正午了。最初我们先迎着从柯家营经巴东的大道上前进，翻过好汉坡就全是宽坦的山路，回岭关前的蜿蜒曲折，也有点像在山野中开成的汽车公路，不过这样易行仅占了整个行程中底一小部分。山脚和峰顶的距离约七十华里，若从它的尽头至最高处，十之七八倒全是高陡不均的石级，若要步行，非需要一种特别持久的精力和坚定信心不可。

回龙宫是在山中第一个见到的寺院，其次便是过风垭前面的磨针井。这里引人注意的，是一段流传着的神话：说是山中唯一供奉着的神圣——真武祖师，在山中修炼时，岁月的深长，曾使他因无所成就，懊丧地带着失望下山归去，就在这里遇一老妇在井旁以铁杵磨针，据说这是观音大士变幻点化，所谓“铁杵磨绣针，功到自然成。”就是最后使其回心向道的两句话，于是这段故事便为许多迷信者深刻地向往着。饮几口井中的“仙”水，和一睹铁杵的真面目，已为每个朝山者所熟悉了。

老君堂在回心庵过去二三里，本为一座大庙，可是经过匪患，现在神像圮毁，已经颓废不堪。路从这里起，碎石铺成的山径，代替了原来的宽坦大道，步行虽稍显吃力，但总算在太子坡附近走了不到十里的平路，剑河过去才全是紧凑着的石级，连绵不断将近十余里。这时山路的高度和频繁的上下，逐渐加深了我们的气累和汗流，腿部既在酸胀中加重，并且强烈的阳光也向我们发挥着威力。或许由于太兴奋吧，却谁也没有因此从心底迸出半点声音，只是带着紧张严肃的表情，聚精会神地爬行着。

以爬行的工具而论：这里的所谓“兜子”，并不能如四川的那样也能在高陡险坡中安步如常，乘滑竿也是一样地需要下来步行，这样便首先说明了它有限底用途，加上枯坐在用绳索织得像鱼网似的东西里，坐卧均不自如，又平添许多意外的危险，反不如走路痛快和舒服了。

有人主张游览山水的真义，应该是由自己的手足亲触着那些值得浏览的景物，当不无有充分理由。

武当山的香火原很鼎盛，尤其在每年废历年初，从各方面集中而来的善男信女，至少以十万计。这次行程中即断续看到一些背红绿包袱的朝山者，他们似乎另有一种虔诚的毅力和信念，虽然有的是伶仃小脚，却仍能不断地埋首前进，这种难得的精神，深使我们为之感动，而且也足予青年中行走不健者以惭愧，于是无形中更增加了我们的勇气，加快着步伐的速度。

财神庙附近有古迹名“夜宿岩”，其实只是“真武祖师”留宿一宵的所在地，正像一些现代大人物们在某地曾经驻足或题了字迹，除徒负虚名而外，别无胜景可寻。不过群岩之中夹以木屋数间，却也自有它的景趣。这里是十八盘道的止点，当从树木参差的围抱中，透露出一簇琉璃瓦的屋角时，那便是武当山中心的紫霄宫，我们四十里山路的步行在这里作为结束了。

这是座藏在深山中难得的建筑，和其他著名寺院一样，有着高阔壮巍的外貌和内容。从明永乐十三年起，便开始它所存在的年代，岁月已经在这里划上了年老的

图 20　武当山紫霄殿

（原载《旅行杂志》1936 年第 10 卷第 10 期）

皱纹,可是紫霄殿上的雕梁画栋和双手合抱的庭柱,仍值得为后来的瞻仰者们所称颂。还有一个近乎神话的奇物,说是当此殿建造时,有巨杉一株远从川中飞来,现在陈设殿内,从它的另一端敲着手指,就可以听到里面发出锵锵的声音。

从几个道人口中,我们听到一连串带着神秘的故事,像关于真武得道飞升和其他传奇之类,这些经常为到过这里的人们所盛传,他们也曾解答过关于武当山定名的询问,说武当本名太和,因系火性,似非太乙真武的水性不足以当之,故有现在的名字。这种见解也曾见于紫霄宫两块高约二丈的龟碑上,从它们上面并看到有"……武当蟠踞八百余里,高列七十二峰,三十六岩之奇峭,二十四涧之幽邃,峰之最高者曰天柱,境之最胜者曰紫霄,南岩上出游氛,下临绝壑……"等讴颂的字句。

这个晚上,我们去瞻望一位盛传有数百高龄的老道,地址就在展旗峰一个叫太子岩的石洞里。那里山势高出紫霄约两百公尺,陡险异常,周围又尽是密集着的高大树丛。因为是深夜登山,每个人心里原都带着一些紧张和探险的心情,当中秋的月色照遍了满岭,这时从阴森的洞门里，露出一位鬓发皆白满面皱纹的老人来。这种环境中的突现，不禁把我们的思路带到一种神秘和幻想的境界中去。

我们被引进石洞的内面，漆黑地只靠着从隙缝中漏过来的一线月光。为着好奇心的驱动，我们十分留意关心老道底一切，首先是关于他的年龄，但许多拜访者除从他苍老的皮肤或其他方面可以推测在百岁以上外，没有谁能够特别知道清楚的。而且年龄并没有使他消失任何人类所应有的知觉，当他从牙齿尽脱的口中，吐露出爽然有力的字句时，真会使您引为惊异。而他的生活似乎也有点神秘性；由于习惯的缘故，对于爬山疾行如履平地；饮食方面，包谷根、麦皮之类为人所唾弃的物质，都是他时常入口的食物；饮料则靠洞内一个只及尺余的泉池，虽只有一洼之水，却颇能靠它取之不尽用之不竭，这不得不算是一点小小的奇迹。

谈片开始了，他像一个年老的说教者，带着颤巍而沉重的声调告诉我们："……今年渭河水清三次，真命天子已经出现……祖师爷会保佑您们，外国鬼子纵横中国，今年便是他们将被赶跑的日子。……"以及一些其他带着浓厚宗教气味的话，最后他还以伍子胥与十八国诸侯临潼斗宝的事实，来映证我国的胜利。这些话也许都是莫须有的，不过也权当一些可笑的资料吧。

回到紫霄宫，玉盘似的银月已经涌过东边的山峰，高悬在蔚蓝如泥的云际里；莹洁的光芒照遍整个山野，武当山的景物这时都在她的下面受着光明的洗礼。为了赏月，我们围坐在殿前的平台上，嚼着食盘里的山果，品茗清谈。这种环境极其优美，明月在前，我们自己也像清心涤虑忘记了尘世中的烦俗。名山中度佳节，每个人都该感到无限的兴奋。

明月的光亮伴着我们沉入睡乡，直到第二天绝早我们离开紫霄时，还没有从山中没落下去；并使我们在五里外的乌鸦岭上，同时饱餐了月落和日出的奇景。风景线的奇美，几乎时常与行路的艰难成正比例的，当我们从五六里不断的石级中，爬上了乌鸦岭，马上就有一幅山川壮丽的图画显露在面前，这里临近南岩，举目皆山，颇带着相当幽静的风味。

路还是一级级忽儿朝上忽儿往下。到了七星树，这里据说曾有七株象征着天上北斗的巨大松树，不过现在仅存其中光秃着的两株了。从此上天柱峰，十五里的距离尽在山坡和石级连绵曲折中，五龙洞和黄龙洞之间的满山树木葱郁，十足显露了深山中的伟大气魄，就山势来说，高陡也超过所走过的道路，有时角度很直爬行确很吃力，看来好像山顶就在头上，但当我们翻过一个山头，却另有更高的山头横在眼前，举目四瞩，我们竟为群山层迭丛密地围着了。

我们在埋首步行中，偷闲数着行程中的石级，其实这颇难以统计，单由朝天宫上金顶一段就将近三千余级，假若就全程言，数量恐已超过两万。愈行愈上的道路，从转天湾经过分金岭以后的五里地，就可看到天柱上的金顶，当我们感到最终希望即将实现时，心里充满无上快慰，脚底也不期而然增加气力了。

太和宫在金顶以下，这里可以看到明座铜碑数道，和更上一层完全以紫铜铸成神像和台座的古铜殿，据说建造年代远在元朝。由此跨过百余级挂着铁链的石阶直上金顶，这里是武当山的最高峰，它的高度虽无正确统计，但估计至少当在一千二百公尺以上。金顶的形状类如西式大厦中的露台，中间便是最负盛名的“金殿”——

图 21　武当山天柱峰下
（原载《旅行杂志》1936 年第 10 卷第 10 期）

一座精美底宫殿式的建筑物，广阔各约丈余，它的每一部分，甚至瓦片和檐角上各种形物的装饰，都是用灿然光滑的铜质镂刻成功的。金殿外围是一百三十八根铜质的圆柱，内面则如紫霄宫龟碑上写的："……内铸圣像一，从官像四，皆范铜为之而镀以金……"这些铜像的铸造，从清晰可辨的鬓发和冠带中，可以想见它们的精细，虽然岁月深长已经褪去它们金装的外衣，然而像这样具有历史价值的伟大作品，实在是我国艺术史上值得留下的一页。

山顶上气候颇寒，平时山风呼啸，阴天即长日在雾气迷漫中。我们依栏临高凭视，这时茫茫大地只见无数条拱墓似的大小山头，和云天联成一片。人们临此伟大境界，反视自己的渺小，真如沧海一粟，此时此地，我们几个故乡沦落的流浪者，俯视这无际的视野，心中该引起无尽的深感吧。

在金顶附近的树丛里，寄居着无数的鸦群，若以食馍投掷空中，它们便会张着翅膀从半空衔食而去，那种俯仰自如和优美的姿态，像战斗机一般地迅速，惟结果反意外牺牲了十余只原来用作充饥的馒头。

图 22　武当山南岩
（原载《旅行杂志》1936 年第 10 卷第 10 期）

因想当晚赶回草店，中午以前即离开天柱峰踏向归途。下山的路究比来时容易多多，连跑带跳疾行十五里石级，一口气赶到七星树只有四十分钟，这和上山三数小时相差的比例未免太远了。回到乌鸦峰，我们顺道去游南岩，这里虽是武当山最胜之境，但因经过匪患，一部分已经葬身火窟。有名的胜景是金剑、金钟、龙头香和太子睡龙床。飞升台相传为观音大士变化美女骚扰真武修道，被怒斩跳入台下水中，真武因此动了仁者之心，陪同作了水鬼，据说后来有五龙盘他上升，于是有了此台。山上的景物就是这样，一入修道者口中便成了不可磨灭的神话。

并未费去太多的时间，就又继续走回下山的路上，我们一面留恋着山中景色，一面心中也在为这次远游作一些观感似的评价，只是时间仓促未能尽兴畅游，多少留下一点遗憾。最后我们从几近百里的步行中，带着劳顿和疲倦回到草店，已经万家灯火。在归途上，明月仍像来时一样地伴送着，使我们愉快的从九十公里的车行中回到原地。

南漳通讯

一　鸣①

我被精神生活的驱使，由武汉而来南漳已有十一个月了。“到农村去！”这是都市里面的时髦名词，其实“到农村去！”又将怎样？却是一个标点上的问号。南漳也是湖北七十一县之一，要论乡村建设的话，当然也要列在计划中，我初来时就想把南漳作个有系统的描写，但不料为了“等因奉此”这些事情的缠扰，同时怕认识不清楚，恐怕谈错了，所以又搁下来，一直到现在。

“八百里的南漳”这句话，是南漳人常常引以自慰的一句口头禅。其实据文献上考证，南漳还有八百四十里哩。以面积说，似是一个一等县，但以地形测量，有五分之二以上，都是山占住了。不过因为生活的需要，和以

① 作者生平不详。本文原载《中兴周刊》1937年第7卷第18期。

人力的工夫，山都是生产的山了。

就物产方面说：木耳，核桃，桐油，煤炭，和竹纸等类，这都是附产，主要的食粮，在山里还只苞谷，所谓苞谷虫的笑话，就是这个由来。我们看到山上石穴里种一株苞谷的事实，因想到甚么提倡生产建设这些美的名词在山里人是梦想不到的。

说到一般人民的生活，是与鄂东鄂南的大不相同。吃旱烟喝苞谷酒，是南漳普通的习惯，我在山里曾看三岁的小孩喝酒，显露着津津有味的神气。漳酒在荆襄的盛誉，大概这是大众拥戴的力量造成的，不过在山里，对这两种嗜好特为尤甚罢了。水，在山里是个困难问题，尤其是天旱的时候，像住在山巅之上的人们，每天吃的水，都要从上下二里的山下背上去，水的珍贵，可想而知。那么水既是这样“难能可贵”，清洁二字在一般山里人当然是谈不上了。记得我有一次因公在一个卸任区长家里，被可恶的蚤缠扰一夜，后来我问他们：“你们不怕蚤咬吗?”他们说：虽是也有些觉得在身上跳着讨厌，但是习惯了也像无甚关系。这样看来，可见养成一种习惯，也非一日所能锻炼成功了。

再说吃的方面，苞谷米汤，是家常便饭，比较环境优裕的人家，间或翻个花样，苞谷粉磨磨，就是特别了。豆腐的价值，就和肉一样。食盐在普通的人看来，柴米油盐酱醋茶是日常必需的滋料，但是在山里，并不这般重视，只有柴是山里的出产之物，所以比粪土还要贱些，另一方面，也因气候的需要，无论走到那一家，都看到地炉上烧着熊熊的火焰。

山里老儿，一年四季缠着白布包头。他们赶集上店，都是背负一个长形的背篓（因为山路崎岖，只有负运），这两种模样，就有点苗人的风味。听说山里人“不打官司”，“不纳钱粮”，就不上县。换一句话说，山里人生活朴素，确很合乎新生活规律。

但是，山还有西山和南山的分别。“西山里的杠子”，“南山里的状子”，这两句话，是说西山人的性质粗鲁，南山人的性质狡猾。这当然是言其大概，西山人不见得个个粗鲁，南山人也不见得个个狡猾。听说山里有一种奇异的风俗，却是山里一般穷而无知的小户人家的特殊现象。就是招上门女婿，约定在他家里，做十年或八年田工，女儿由你引去归宗。考察这种风俗的起因，似是人力艰难的缘故。以好的方面说,这是以“力”为婚礼了。但是因为这样,常发生因家族血统问题,而讼累不休的事情,“南漳人好讼”,这也是构成讼案的事实之一。的确,这是一桩有关家族血统的问题,负有地方责任者,该要纠正的一点。

由这种种不良的风俗习惯看来,南漳需要教育至为迫切,但是为经费的问题,教育想达到需要的目的,还远得很哩。说小学教育吧,就是中心小学一所,班次比较完备,其次东巩(第六区)联立小学,和武镇(第二区)联立小学,有四班以上,其余的各区,都只一二堂初级小学。龙门集(第三区)虽是富甲全县,还没有完全小学,这固然是政府财力的问题,但也是该区有识之士未尽责任的原故呵。我的朋友陆伯廉大概也是见到教育事业,单靠政府的力量不够,抱着用教育的力量改造环境的希望,由上海跑回他的故乡——第四区吉祥乡,集合地方有志之士,筹备办个完全小学,当时建筑校址的时候,并自己去充当小工,讵料校址还未落成,也就因劳而病,不久就死了。虽说现在人亡政息,但是这种精神,是永远值得纪念的。这是已经过去了的事请。还有,在十五年以前，曾有凤山中学一所，在县城西门外凤山书院，历史不久，是受了政治的影响停办的。现在我们登凤凰山，凭吊昔日南漳学府的遗址，回想当年“凤中的精神”，真不胜今昔之感！

现在要说的就是政治情形，在县里谈政治，当然只有县政府，是唯一的政治机关，现在改区设署，区署也是官治的组织了，区长也就因时制宜也成为“亲民之官”。以最近几年的情形来说，县长曾继和、鄷景福、贺式韩，都干的时期不久，并且都是被状子走路。只有现任的宋县长在南漳，已经有两年了，以历史说，是最高的记录。我们听“县长宋继成，做事清慎勤，八百里的黎民沾余恩，万能”的三句半的歌谣，就可知宋县长在南漳的成绩和地方的印象了。不过在思想比较急进的青年，对于宋县长的态度又不同了。据我的考察，似是说宋县长的廉洁是很同情的。换一句话，“以仁爱民众”，宋县长是做到了，“以铁为纪律”，是差之千里，就《鄂北日报》载“区长违法，县长不管”的新闻看来，自有些言过其实，但也希望贤明的宋县长南京受训归来之后，也本着蒋院长实干硬干快干的精神，对于附属机关，尤其关系地方最密切的区署，做一番整理的工夫，那才是“智”“仁”“勇”三者全备的模范县长了。

前面已经说过，南漳八百里，地面这样广泛，同时又一半是山，难治也是事实。因此南漳区政经费，虽是这般奇绌，还是改设六署，大概就是个原因吧。现在区署成立已将一年了，成绩怎样，不得而知。但就重编保甲这点来说，这在改区设署办法大纲上是规定区署成立一个月内完成的工作，听说直到现在各署才报告完竣。这样说来，基本工作，既是才做完，且而还不敢说精确，那么户口异动，保甲规约，联保教育，以及禁烟、禁毒等要政，自然是更不待说。改区设署的精神，在南漳似没有表现出来，别的县里因为没有时临其境，自然不敢武断的说“处处老鸦一般黑”了。但以南漳某区某区之情形来推测，要是不彻底的整理，改区设署之制度，必归失败。至说怎么酿成这种现象，当然不是一个很简单的原因。一是区政本身不健全，就是所谓负责者能力薄弱了。一个区长的地位和职责，当然比县府一个行政科长重要多了，能力薄弱，怎能胜任？二是区署以下的组织——保甲组织太不健全了。关于这个问题，是湖北各县的一个普通现象，现在省府为了早些解决这个问题，已正在襄阳筹设乡训分所，在实行之后，这个问题自可得个相当的解着。三是区署以上——县政府，指挥与监督的责任，不免太放弃了。四是区署经费太不充足，一切进行事业，不免受其影响。

南漳现状，在民众生活方面，是“贫苦”；风俗习惯方面，是“陈腐”；在政治方面，是“缺乏进取精神”。

以上所谈，虽多未中肯要，当亦可共研究地方问题的人们之一参考。

二六，五，一。于南漳

中古风味的襄阳城

陶　清①

由汉到襄虽有汽车路，这种路下一场雨就要有一星期不通车，所以一个月里倒有十几天二十天是不通的。我这次来，整整走了一星期，人家还说我走得快。由此，你们可推想襄阳与外间之隔绝为何如！

襄阳是鄂北第一大都会，但无论形式与内容都还满足中古风，没有一点现代气味。你们知道，我是在天津、北平、武汉近些现代都市里待惯了的，目击耳闻，什么事都是紧张，高速度，机械化。我虽并不留恋我那洋楼汽车高跟鞋的生活，但是却真看不惯这种摇摇摆摆磨磨蹭蹭的中古生活方式！就讲大街上，中间一条宽可一尺的石板路。两旁石块嶙峋，走一里路叫你脚痛，于是大家

---

① 作者生平不详。本文原载《战时青年》1938 年第 4 期。

都走中间这一尺，只有一尺路！而每个人还是不慌不忙，左摇右摆的向前走，对面遇着一个人或小车子，就走不过去了，于是歪身让一让，仍继续向前摇摆。我初来，这一副挺胸迈步向前冲的走路法，不知被多少路人加以白眼。

“形式”是如此，“内容”也差不多，虽然日本最近攻陷新乡，襄阳明明将要变成了国防线的后方，但一般空气并没有因此而稍微活跃，只有一件事特别表现出“抗战”期间的特征来，那就是满街走的×军将校，这些健壮英锐的青年人，穿着鹿皮短上衣，军服长裤，满身带着现代风，成群结队走过古老的襄阳，真使襄阳人侧目。大概也就是因为他们和他们的“家伙”，日本飞机曾两次来炸襄阳，都炸在城外，以后虽常来警报，敌机却未真正光临，老百姓见惯了，也就不怕了。在放警报时拼命和警察蘑菇，一定要在街上走，最近这些年青的×将军走了许多，敌机就不大来，襄阳人和抗战最密切的联系又松了一扣了。

还有一点为襄阳特征的，就是土匪多。上次我出去找朋友，出城十五里，再要向更远的村镇去，朋友们就不

图 23　襄阳古隆中牌坊

（原载《图画时报》1929 年第 563 期）

图 24 襄阳鸟瞰
（原载《星光》1940 年新第 15 期）

放我走了。据说白昼拦路，绑去行人，一点不算稀奇事。有些地方匪即是民，民即是匪，剿不胜剿，根本没有办法。更有值得注意的，据说上次剿匪，在匪窟中竟发现伪满的票子同北平伪组织的东西。大概土匪中已有了汉奸作用了，现在襄阳日趋重要，这问题不解决，将来恐是腹心之患。再讲报纸，只有一个《鄂北日报》一小张，也没什么消息，刊物有寥寥可数的几本，还是半月以前我在武汉看过的。书呢，充塞书店的完全是《七剑十三侠》和《蜀山剑侠传》。看见一本《郭沫若文选》，我心中大喜，里面选的却还是二十年前郭沫若在日本的文章呢！

至于这里的救亡工作，那不用我讲。什么各界抗敌后援会自然是有的，他们做了什么工作，你们可想象得之。连比较上应该最活跃的青年学生，也并不活跃。这里有一乡师，一高中，二初中，从前由学校办理宣传队，同学到附近乡镇宣传，都很努力。但寒假一放，学校不管了，同学也就星散。回乡文化界也曾有个宣传团，但现在又宣回武昌去了。现在只有个襄樊文化界宣传团，比较上还有些希望，他们曾到外县宣传三次，在本县也演了戏。只可惜聚则演戏，散则停顿，并未能做一些演戏以外的工作。

但是你们以为襄阳就没有一点新的光明了吗？却又不然。我见到的一些襄阳青年，没有一个不苦闷焦灼，要求组织，要求工作。他们很知道像这样下去决不行，很知道襄阳的危险。有些甚至在想上临汾，上陕北。但是，在久蛰之后，他们却不大懂得如何从最低的地方做起，外面复杂恶劣的环境与关系，又不容许他们马上建立起健全的积极救亡组织，所以这些青年在烦恼着，只希望能有外来的人替他解决这个问题。这些青年，平时虽也打牌喝酒，像典型的襄阳人一样，但他们却是古老襄阳的唯一新血，需要给他们以救亡知识的灌输，集体生活的训练，渐渐进到保卫襄阳保卫华中的切实工作。

现在襄樊文化界宣传团正计划一个改组，想将它变成一个固定组织，里面分设研究部、演剧部、歌咏部和壁报部。希望它能做好，作为襄阳青年组织的萌芽。

另外，一群较积极的青年想来一个经常的谈话会，也还是在草创中。还有一两位武汉文化人想来此办《战斗旬刊》分版和扬子江出版社分社，他们的事业定将给沉闷的襄阳文化以极大力量。

此外我还有一件可报告的，就是前些天到一个镇上找朋友，发现我们的青年同学已开始了教育农民、组织农民、武装农民的艰苦工作。他们几个和镇上联保长合作，组织农民自卫青年团，一面军事训练，一面政治训练。我那天到那里，看见满墙标语，心中先一亮，听他们报到将来的发展希望，更觉高兴。后来他们让我在政治训练时讲话，我为他们谈了一谈抗战形势。晚间又来了一大群乡村妇女，听我大讲北平失陷与自己流亡的故事，她们始终凝神不懈。真的，我在这村镇中才真正看到了中国新生的力量，也看到了襄阳工作的前途。

总之，现在襄阳地位一天比一天重要。将来敌兵欲攻武汉，必先取襄阳。将来也许这里有一天也会像临汾一样，走入高度繁荣，像新乡一样，为全国注目，只是现在，这里却太荒芜了。又因为种种“不可说”的原因，拓荒工作异常困难，真令人着急，希望有更多留在武汉而没事做的同学朋友们，到这里来共同参加拓荒。这里需要你们的力量！希望有更多在武汉办刊物的文化界朋友们，把刊物搬到这里来办。在这里你们的文字真能发生“意想不到的效力”。

文化线上的恩施

向南禽[1]

恩施，这个到处充塞着野蛮、陈腐和灰色的气氛的破落古城，抗战拖着她前进了。我惊奇的倒不是她的应有的进步，而是她进步得如此的迅速狂热。民国二十七年，笔者路过恩施，她是一株欣欣向荣的花本，含着花苞急欲怒放，而当我去年重来时，她已是结着红红的果儿，累累地挂在她的身上了。

政治经济的力量是推动一个地方进步的源泉，文化更是促使一个地方进步的褓姆。在恩施的灰色的过去，不仅没有摸到文化的边缘，由于封建残余势力处处阻挠，恩施简直没有文化可言。

抗战毕竟是一种新生的象征，二十七年省府迁施，

① 作者生平不详。本文原载《现代青年》1942年第6卷第5期。

以政治力量打开这座腐旧的堡垒，接着许多文化人接踵而至，他们以开辟草莱的创造精神，在这儿播散文化种子，他们再接再厉的坚持这种工作。今天，算起来也只有三年多的工夫，他们分布在各方面的工作，都表现了超过预期的目标，这一方面固然是他们本身的努力，但，另方面，也是赖着政府的有力支撑。

一、崛起的报业

文化的发展，报纸自然是主要的力量。恩施在战前，本来也时有时无地出现过几种报纸，像《清江日报》等，但因交通及其他种种的不方便，电讯都是剪的外埠几十天以前的报纸，而且因为经济力的不够，都是四开甚或八开的小型石印，名称虽系日报，事实上到下午甚或入夜才能看到几个烟气沉沉的卖报人，这现象一直延长到抗战，延长到抗战的民国二十八年，才有一点生气表现出来。

首先，沙市的《大同日报》因当时战局关系，于廿八年三月迁施出刊，她是一张私人经营的报纸，社长陶尧阶，总编辑童仲庚。在武汉时代，这个报纸是一张二等报，销路很少，在沙市时代，居然占了首席地位，每月获利不少。当敌军迫近襄河东岸、沙市紧张时，社方派总编辑童仲庚、编辑陈熙平等来施筹办施南版，结果于二十八年三月以四开版创刊问世，这于是乎就成了恩施文化进步的发凡的开创者，这时恩施已平添了无数机关人民，得到了这个难得的精神食粮，确实使恩施增加了许多生气，不过，由于经济上的关系，纸张油墨等问题，都很难得到满意的解决，以致到后来弄得报纸模模糊糊的没有办法看下去，但他们的工作人员，还是吃尽万难的苦撑下去，到前年十月，《武汉日报》由宜昌迁施复刊，因她是属于中宣部的，经济力强于《大同日报》，相形之下，《大同日报》更无法支撑，到年底，只得忍痛停刊，据其负责人表示，只要经济稍获解决，《大同日报》决卷土重来。

《武汉日报》在武汉时代乃是一张权威报纸，后来因长江战事转进，该报就把总社迁到贵阳，改名《中央日报》，同时又在湖南芷江创芷江版，均为对开张，而依然前名的《武汉日报》，则西上宜昌，仅出一张四开的宜昌版，这之间，因为精华全被搬到贵阳，所以二十七年的

《武汉日报》宜昌版，实在不能满足住在宜昌——这陪都的外围堡垒的人们的欲望。

前年六月，该报由宜昌仓卒撤退，印刷工具损失殆尽，然该报工作人员以屡仆屡起的精神，仍然整顿在鄂西复刊，经中宣部允许在巴东恩施二地，任择其一，这时恩施的《大同日报》，建议他在巴东复刊，其原因为：一、多建立文化据点，二、《武汉日报》如在恩施复刊，势必使《大同日报》停刊，因《大同日报》之经济力已窘乏万端。但结果《武汉日报》还是在前年双十节，以四开的两张单面报飞舞于恩施街巷间，《大同日报》也以最大的努力把纸张改善，铅字重铸，表演了超过《武汉日报》的姿势来，但终于无法持久，而告停刊。

《武汉日报》自在恩施问世后，事实上不久即取了《大同日报》的权威而代之，因为她有着悠久的历史，所以很容易博得人们的信仰，特别是从武汉流亡来此的人，差不多人手一份，使恩施文化放了一股异采。去年十一月一日扩为对开□，发行□千余份。

最后就是《新湖北日报》了，她是省政府的机关报，经济相当雄厚，去年元旦以对开张创刊，成为湖北报界崛起的一支异军。在恩施，看到铅印对开报纸，还是破天荒第一次。所以人们又以注意《武汉日报》的眼睛，开始来注视她：但《武汉日报》究有她过去的历史，《新湖北日报》一时也难执着湖北报界的牛耳，到去年三月，省府延谢然之先生为社长，人事大加补充调整，五月聘请新闻界宿将任白涛先生为总编辑，去年十一月一日，将版面扩大与重庆各报相同（以前较重庆各报少一栏），与《武汉日报》作"革命的竞赛"（去年九一记者节，谢然之先生对新闻界演说），内容上、形式上和出报时间上，以月余的时间，竟然跑到《武汉日报》的前面，现在她发行四千二百余份，预计在明年元旦后要达到一万份的目的，从这里可以看到湖北——至少是鄂西文化水准的提高，她的各种副刊都很充实，特别是"文艺青年"、"国际专页"，更能满足一般青年、学生、公务员的欲望，现在，她更团结了一部分文化人，组织了一个"学海社"，在报上发行"学海"双周刊，内容着重于研究文史，和桂林《扫荡报》的"文史地周刊"差不多，而在量上还较"文史地周刊"为大。

为适应各报的需要，中央社于去夏在恩施成立了分社。

二、葱郁的书刊

过去的恩施，报纸尚寥若晨星，书刊杂志的发行，更是谈不到的事。直至民国二十九年底，还看不到一本在恩施出版的杂志。这，并不能怪旅施文化人的不努力，最大的原因，还是经济问题无法解决。私人是这样，就是政府那时，也刚接受那一部分可怜的遗产，无暇顾及文化上的发展。直到陈主席回鄂后，在“新湖北五年建设计划”下，于去年元旦发刊《新湖北季刊》，由省府秘书处发行，八开本一厚册，内容着重于新湖北建设之各项理论与实施的研讨与报道，执笔者多为实地工作的行政工作者，所以他们的笔致，都不免公文式的。然而究竟是异常可贵的，因为在里面可以看出新湖北建设的进度、优点与劣点来。

《战地月刊》，为×战区党政分会宣委会发行。去年八月创刊。她是研究战地工作的理论与实施的刊物，八开本一巨册。里面有战地通讯特写及文章、诗歌，所以她很能得到一般人——特别是青年学生的爱好，门路非常广大。太平洋战争爆发以前，香港国外都有她的订户，这是一本前途颇有希望的杂志。

《湖北青年》，青年团鄂支团部发行。里面国际问题，青年问题，通讯特写，文艺诗歌，都很充实。可惜只看到了她的创刊号，以后不知怎样就停刊了，现有复刊说。

《新湖北教育》，教育厅发行，去年十月创刊。另外教育厅还和教育部国民教育司合办一个《国民教育指导月刊》，内容颇能与教部的《教育通讯》媲美，在量上还比她更为丰富。新湖北教育的研究，现在确不后人了。

去年十一月，青年团团结了恩施一部分文艺青年，附《武汉日报》发行了一个《青年底文艺》，内容编排，都还差强人意。因为是青年写的，青年编的，所以富有朝气，此外新湖北文艺会也将有一个机关刊物出版。

一般的说，恩施今天的刊物，是如雨后春笋的在发展着，不过纯文艺杂志还没有看到，还是要今天旅居恩施文化人，作进一步的努力的。

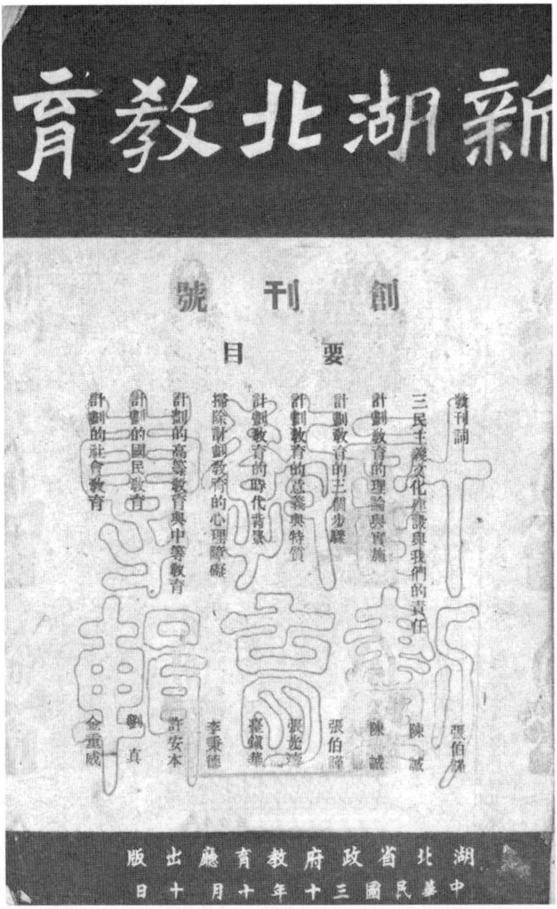

图 25 《新湖北教育》创刊号

中華民國三十三年九月二十日

新湖北日報

中華民國三十年元旦創刊

湖北省立第一女子師範學校招生

湖北省合作社物品供銷處

湖北省銀行

图 26 《新湖北日报》报头

三、省立印刷所

省立印刷所，在恩施城东北十五里的滚子坪，在今天，她是恩施唯一的印刷机构，正因为她是今天恩施印刷业的独儿，所以各方面的需要促成了她今日的繁荣。

二十八年六月一日，省印所诞生于恩施，创始人施亮东(现鄂北行署主任)为正所长，刘万泉(前省职校校长)柳墅为副所长，负工伤责任者为陈克发，陈乃印刷界老将，为省印刷柱石，因当时资本窘乏(仅七千元)，工人不够(仅二十余人)，几部破烂机器:四开机二部，圆盘机二部，石印机二部，又是从省职校搬来的，所以营业范围很小，其后所长几经更换，机件亦大事增加，每月营业达三万余元。

《新湖北日报》创刊后，由省印所承印，于是又添置了一部对开机，两部四开机，圆盘机一部，录字机一部，购置各号铜模，营业益见发达。去年四月，赵桂香继任所长，资金增至×十万元，由重庆运来铸字机一部，打样机一部及各号铅字，又在湖南购来对开机一部，四开机一部，截至现在为止，省府印刷所共有对开机二部，四开机五部，八开机一部，圆盘机六部，石印机六部，熟练工人百余人，每月营业达七八万元。

现在，《新湖北季刊》《战地月刊》《新湖北教育》《国民教育指导月刊》以及省府各机关的书籍表册，都由她承印，所以说省印刷是新湖北文化的摇篮，并非夸大之词。

四、书店巡礼

恩施在过去是没有书店的，不要说商务、中华没有在这里设分局，就连什么文具社之类也少得可怜：可是在抗战后，商务、中华、正中、青年各书店接着来恩施设立分局或推销处，起初他们仅只适应学校的需要，只卖中小学教科书，各种参考书籍以及重庆、桂林各地的杂志都很难看到，现在各书店为了适应广大社会的需要，各种书刊杂志也不断的出现了。

现在来对各书店作个简单的巡礼：

商务的恩施推销处，地址南正街，除了中小学教科书外，也能由重庆、长沙运来许多参考书籍，《东方杂志》《学生杂志》《教育月刊》等则都是很久以前的。正中书局就在商务的上侧，大多是中央的训练丛书，教科书也有一部分，《中央周刊》《民意》《教育通讯》《训练月刊》等刊物都有出售，最近又增加了《天下事》《西风》《七月》等杂志，顷刻一抢而罄，这现象正说明恩施文艺杂志的缺乏。中华书局在割肝坡，营业很发达，并代售《国讯》《时与潮》《东北》等杂志。青年书店的书籍，大致和正中书局差不多。省政府创办的新湖北书店在鼓楼街，所售的书大半是省府各厅处印行的：像教育厅的《民族文选》，秘书处的《总裁革命的理论与实际》，等等。此外，还有华中图书文具公司，她的前身是良友书社，现在发售的除“华中”戏剧丛书、文艺丛书以外，还代售重庆、桂林等地的书报杂志，店里的阅者总是挤得水泄不通。

现在书店最感困难的就是交通不便，应时的书刊，往往过了时才运到恩施来，而且因为横加运费的关系，致使购买力薄弱的读者，不敢问津，只好在书店里揩油看书，这个问题亟待政府书商各方面来合力解决，虽然这样，但恩施文化的飞跃进步，则是不可否认的事实。

恩施的农家妇女的生活

林　平[①]

恩施是一个重山叠岭的地方，抗战前，不大被人注意。在这个地方，男耕女织的话，是绝对通行的。除了犁田插秧等工作，多是男的去做外，其余的使用镰刀锄头的工作，主要是由妇女们去做的。她们的身体很壮健，而且根本不缠足，所谓“玉体”这种称赞女人的字眼，对于她们是完全不适合的。

养儿、烧饭、洗衣、喂猪、推磨、做鞋等家庭工作也是她们分内的事。

播种和收获，她们和男人一起做；等到农作物运回家，男人可以到附近的小店吃茶、抽烟、喝酒、谈天，女人是不能休息的。就拿他们屋前那块仅有的平地做场，打

---

① 作者生平不详。本文原载《现代妇女》1948 年第 12 卷第 5 期。

麦子，剥包谷，剥桐仔，以及晒谷子，打豆子，乃至归仓舂米等工作，都落在她们身上。还有一天要烧上百斤柴草的灶孔，也全是靠她们挥着锋利的镰刀砍下的丫枝和割下的茅草去填塞的；有的还跑上三四里远的山涧沟去挑水。

一旦有了孕，大着肚皮，还照常地要上坡（因为田都在山坡上，种田叫做上坡），在坡工作生孩子是很平常的事。在这个时候，多半是同伴帮助，用镰刀隔断了脐带，再用草或树叶把孩子包好，放在背笼里，一方面在裤裆上装些烂草和灰土，以便浸渍那留下来的血。这样地背孩子回家，仍然不能休息，照样地做一切工作。虽是这么样说，她们的生殖力还是特别地强，差不多是三年两胎，也有年年怀孕的。每个母亲的一生中产十八、九胎的并不稀奇；不过死亡率也高得怕人：在十八、九胎能养成人的，据说不到四分之一；甚至生育期完结时，一个也养不成。

我的房东刘婆婆曾向我诉说她的痛苦："我十七岁就来到刘家。他爹（刘婆婆的丈夫）是个老么；老大两口子早死，还留下一个五岁的娃娃；老二是个跛子，又是酒鬼，喝醉就吵闹打人，把他的女人气得吊死；一个六十八岁咳嗽要命的公公做不了什么；一个瞎了眼睛的婆婆，整天骂人。他爹是常出远门到湖南四川给人家挑担，家里的事都是我一个人做的，种了二十多石谷，天天跟着要死的公公和跛子老二上坡；夜里割猪草，磨包谷粉，一家人都困，才能上床；鸡叫过两遍，就要起来推磨、蒸粑粑；天亮，喂猪、担水、煮饭、洗衣，服侍瞎子婆婆吃过饭，就跟公公、老二上坡。他爹从外边回来，不但不上坡，还要说三说四，一点不合意，就要骂要打，瞎婆婆帮着儿子瞎骂；有时难过，坐在灶门口抹抹眼泪，被他爹看见，又要挨几下扁担，是不许哭喊的。这样过了五个年头，公公、婆婆、跛子老二都去世了，老大的娃娃也会放牛了，他爹不出远门，一同上坡。日子虽然好过些，但累得要死，还要生儿养女。生过九个毛毛，三个是在坡上生下的；养成了两个姑娘四个娃娃。因为娶来个好吃懒做不听话的媳妇，我还得做死做活！”

这位婆婆的话，是可作为恩施妇女——尤其农家妇女们一辈子的生活写照的。

在有做有吃的自耕农的人家，妇女们的日子好过些。最苦的，就是那些有做无吃的佃农的人家的妇女们；因为这些佃农们娶个媳妇，就算等于买一条牛或一匹骡子；新妇进门的第二天早上，就开始媳妇的工作；烧饭、洗衣、喂猪、推磨、担水；三朝回娘家打个转返到婆家之后，就得扛上锄头、拿上镰刀，开始过牛马生活了。再加上那常年辛勤的收获，还了租，应付了保甲长的勒索，一家人都要挨饿了；婆婆和丈夫饿急了，就要向妻子身上使气；像刘婆婆便是一个例证。

恩施有个奇特的习俗，就是丈夫死了，不许改嫁别人，必须归并到哥嫂或者弟媳的房中；因为既然把娶来的媳妇当做牛马使用，便算家里的一笔财产，是不容许她跑掉的啊！

抗战时她们的生活更苦了。因为她们的丈夫多半被征去当兵。那没有被征的壮丁，也多为逃避兵役，钻进公教机关当公役，或带上一副扁担绳索，奔到远方做脚夫。

她们为了要养活一家的老幼，一个人当两个人用，不让那田园荒芜。在这个时期，坡上耕种的人群，或背上百多斤重的劈柴跑上一二十里山路去赶场的，多是妇女。

讲到她们的饮食:多吃磨碎的包谷和洋芋蒸成的干饭,加上带皮的煮蚕豆、泡菜、及"和渣"①,这算是最好的了。多数是吃包谷糊,或麦糊;或是把麦子炒干磨成粉,这叫做"炒面",饿的时候,吞吃一碗,喝些冷水,便算作一餐了。盐在他们看来是宝贵的,有许多人常吃不到,油更不用说了。她们虽然都会种菜,但自己却不敢随便吃;因为要拿它换钱,并且耗费油盐。所以她们吃青菜,通常是放入"和渣";辣椒是主菜,生吃不必说,熟吃是把它放热锅里干炒,或是填灶孔里干烧;因为这两种办法都能够把辣椒本身——特别是核中——的油烧出,无须加油,便可下饭了。若是逢着年节或农忙"换活路"(即换工)的时候,也许会吃到包谷掺白米蒸成的干饭,叫做咪咪饭;肉因为没有不养猪的,除了卖的,过年过节,总要剩点自己吃。在这种情形之外,他们是不能够尝到肉味的。至于饮料,上面已经说过吞"炒面",喝冷水。这是因为他们喝惯冷水的缘故。说起她们(男人同样)喝

① 用黄豆推成的浆,连渣烧煮,青菜后下,是一种很滋养的大众食品。

冷水的事情，真是可怕，不管那是山沟的死水或活水，在家里渴的时候，就是用木瓢兜出半瓢，放到嘴边，咕嘟咕嘟地喝下去；在坡上工作的话，那里若是没水，就从家里带一大壶去；那里有水，只须带一个瓢。若是在路上走着，可向人家借喝冷水；没有人家的，便摘取一片宽阔的树叶子来代替瓢，兜出路边的山沟或河里的水。照她们的经验，喝一口冷水比喝一碗热茶的解渴力量大。这话是有道理的；不过喝山泉的水，确也有点仙人风味，那山沟的死水里面，经常是藏有名叫"蚂蝗"的毒虫的，更不要说那死水中的污秽的东西和各种病菌了。但也许因为她们终天劳动，抵抗力强，也许喝惯了这种冷水吧，所以为了喝冷水害病吃药的事情，却并不多。又，在收包谷的时期，包谷杆便成了她们绝好的饮料。

当我还没有到恩施去的时候，听说那里高山上十几岁的大姑娘，连裤子都没有穿的，我不相信。及至到了那边，才知道那些话并不过火。看见那从高山背木柴下城的大姑娘们，多是穿着宽襟大袖，补了又补，不合身裁的衣服，比如穿一条破烂不堪的大人裤子，裤脚往上卷着，有的甚至露出屁股。据她们说这还是借妈妈或是已出嫁的姐姐的，她们在家里，还穿不到这样整齐的衣裳呢。因为他们既然一生出来就被看作“赔钱货”，即使有亲爹亲娘，也只有把她们当做不出工钱光管饭的工人，衣裳照规矩是不供给的，而且事实上她的爹娘也供给不起。直等到她们有人家要，将及出嫁的时候，才由男家送来新衣服穿；衣服的件数，是由女家通知媒人向男家讲定的。家具和被褥，一个夏布帐子是女家置备的；但除了家具是请木匠到家来做，由爹娘担负之外，被褥和夏布帐子的费用，爹娘是不管的，完全是用她们从小到大的长年累月的出卖劳力的积蓄起来做的。出嫁之后，虽然一样地要做奴隶牛马，但总算破题儿第一遭地，有新衣服穿了；家具是一生用不坏的，嫁时的衣服至少要穿一、二十年，要想年年换新衣，这是很少可能的。而这些衣服大都是以棉布做的；洋布至多做一套单的；绸子那只有在她们梦中或许能够穿上。她们的衣服穿到老，还得穿，并且还得供给未出嫁的姑娘穿。穿到破得无法再补的时候，还得拿它当鞋壳子用；鞋底的是用特产的棕和竹壳做的。她们做鞋子的技能，是相当高明的。

在她们的陪嫁物中，虽然少不了一把湖南剪刀，但这是叫她们做鞋用的，衣服她们是根本不会做的；因为他们从小都做着男人一样的工作，实际上没有学习做衣服的机会，并且难以弄到做衣服的布料。所以她们不会给婆家做衣服，而事实上婆家也没有衣服好做。他们的嫁衣，都是由婆家请男裁缝做的。她们穿的土布是从鄂北来的；麻布是本地特产，也都是男工织的，她们只会搓麻线。

关于她们的衣着，还有必须补充的，就是到了抗战末期，她们是有穿的了。因为当地官方设有一种同农民交换物品的机构，主要是用盐布换取农民的木柴；再把木柴平价配售于一般公教人员。盐、布既为当地农民最渴望的东西，所以她们也同男人一样，拿着斧头和锯子跑进树林，拼命地砍树做柴；自己没有树林的，去帮别人家砍，帮别人家砍，也可分取那换得的盐和布，做她们劳力的代价。不过这么一来，恩施山上的大树，都被砍光了，最后连那特产的出木油的木子树和胡桃树、栗子树之类，也被砍了。为了盐和布，为了苛捐和摊派，这也是没有办法的。

胜利的鞭炮一向，复员令下，困居山里的外省的公教人员，都要跟着机关跑。那有钱有势的大亨们，可以成卡车地运他们的东西，有的甚至于连扫把和垃圾铲也要带走；带私货的，更不用提。苦的就是那班下级公教人员，每人限带若干公斤，多出的东西，加运费也不准你带，再加上旅费的拮据，路途的遥远，于是平素做太太的，都大摆地摊，拍卖多年辛苦积存的冬夏衣服、衣料和被褥。那些劳动妇女们，便用很少的钞票，换取到她们梦想不到的衣着；不过那短袖窄腰的摩登旗袍之类，她们是穿不进去的；还有那高跟鞋子，也是她们绝对不需要而且也是穿不进去的，勉强穿上的话，他们便不会走路了。

写了这篇回忆之后，我感觉着拯救这样的劳动妇女，是一点也不容刻缓的事情。但是，假如不从根本着想，先讲别的空话，是没有用处的。

宜昌杂记

幼　潜①

自从去年国府西迁以后，宜昌无形的由沉寂而活跃起来，现在已经成为闹市。尤其在这武汉疏散人口声中，各机关，工厂，学校，纷纷西迁，人口突形激增，大小旅馆，无不客满，一般投机者，则借此机会，租几间房子，门口竖起××旅社的金字招牌，于是大招顾客，莫不生意兴隆，普通的民居，也是由每月两三元一间的，而涨到八元九元不等，甚至十元以上，日常的生活品，也莫不利市三倍，尤其是那洋货，更贵至不堪言，虽然是尽量提高物价，可也不愁没人买。

宜昌的城垣早已拆除，辟为环城马路，城内仍然是保存着那朴素之美，全市的繁盛区域，则在城外的二马

① 幼潜即汤幼潜，生平不详。本文原载《宇宙风》1938年第77期。

路、通惠路一带，它虽没有高楼大厦，但也具备了现代化的典型。最近因为人口激增，更增加了这地方的繁荣，还有从下游逃来的难民，在汉口贩了一些货物，如毛巾，袜子，化装品，药品之类，就在沿马路边摆起地摊，高声叫卖，生意倒很不错，每日徘徊在街头，总是那样的拥挤，纷乱。他们说着各地不同的言语，穿着各式各样的衣服，在马路上执行他的职务——马路巡察使。

宜昌的外国人以英法人为最多，他的范围在滨江路与怀远路一带，那里有英国的太古洋行、怡和洋行、海军俱乐部、领事馆；法国的聚福洋行、天主堂，意国的义华洋行等，还有美国人办的中小学校，他们的房屋上，都挂了各国的国旗，屋顶上也绘了各国的国徽，这个是提防倭机空袭的，同时在各处的前后门上，也照样绘了他们的国徽，并且还漆上“此系某国产业”字样，还有的再挂上一面“敬告诸公，避难民众，空袭警报，恕不开门，免得往返，特此申明”的木牌子，那是告诉中国老百姓别赖靠他们躲避轰炸，何况他们也未必是完全有保障的。因为宜昌的人们，在警报中都逃到他们的屋子里，或在他们范围下去躲避，一般人都存着倚靠外国人的心理，可是

图 27　宜昌港

（原载 1926 年亚东印画协会编《亚东印画辑》第 13 至 24 回）

其中人多噪杂，秩序就难免不混乱，所以结果外人只有拒绝，赐以闭门羹。

宜昌难民收容所里，以前所收容的难民，不过几百人，最近因为战区扩大，同时集中在武汉的难民，又纷纷疏散，所以宜昌也大事增加，大约总在万人以上，以往因为经费的不够，所以一切设备都很简陋，难民的生活，也极艰苦，尤其是医药卫生方面，更谈不上设备，人力财力的不济，所以也只得将就了事。现在因为难民麕集太多，赈济委员会为便利疏散起见，特在宜昌设立难民总站，并成立难民运送配置委员会，将留在宜昌的难民们，分批徒步移送川东鄂西一带，沿途并设置分站，以招待过境难民之饮食及住宿。

难童他是抛了家乡，离了父母，从战区里被救济出来的，他们是将来的民族战士，国家的宝贝，现在一批批的经过宜昌输送到四川西康去教养去，现留在宜昌候船的还有一二千人，大部份是分住在哀欧拿女中、美华小学及益世小学。那些救济难童的团体，有四川教养院、西康教养院、战时儿童保育会、战时儿童救济协会，这些难童里面，最小的不过一二岁，最大的也只有十五六岁，他们虽然没有了家乡，远离了父母，但是他们依然是活泼天真的，因为他们有慈爱的教师，抚慰他们，教导他们；一般的社会人士，慈善团体，有精神的安慰，物质的救济，最近宜昌曾经有过救济难童募捐演剧、篮球募捐赛、足球募捐赛，同时在搭载难童的轮船上，一般旅客和船员们，公开的捐款救济，此外还有很多人捐赠衣裤鞋帽医药品等等。住在学校里的，有人替他们剃头洗澡，所以他们在生活上，颇能称得舒适，精神上也博得相当的安慰，现在一批批的还正在向川康运送中，同时战区里也还在继续的努力着救济收容他们——那些将受暴敌蹂躏的幼一辈的同胞。

为民族争生存而奋斗牺牲的负伤健儿，也是一批批的运送到宜昌来疗养，宜昌除有两个伤兵医院外，其余的各大学院也都住了我们受伤的英雄，他们在忍受着痛苦，静心的疗治，虽然是睡在病榻上，他们的心里仍在想着前线上的战事，都希望伤口早点好了，再回到战场上杀一个痛快。那些断手断足的战士们，在街头上触目皆是。他们很有纪律，虽然是在后方修养，但是对于抗战工作也不后人，尤其是对于一般难童们，他们都很热心的救济着，拿他们自己受别人慰劳的几个有限的钱，转来救济这班失了家乡的孩子们。

往四川逃难的人们，到宜昌来都得耽搁几天，甚至逗留一两个月，也不为奇事，只有坐飞机的高级难民，不在此例。宜昌的轮船公司有六家，国籍的有招商、民生、三北，外籍的有怡和、太古、聚福，他们航行川江的轮船，一共只有廿二只，但是每只船上的载额不多，它有一定的限制，否则怕有危险。所以这么多的人，就一时支配不了，于是发生了恐慌问题，来的人多，去的人少，日积月累，将达于一个可观的数目，买船票于是发生困难，有一班人暗地里操纵了，还有些不肖之徒，趁火打劫，他取得了票子，拿在外面提高价钱转卖，二十元一张的，可以涨到三四十元以上，可是总也有人买，决不会脱空的，可见中国人还不穷，但是也有他的算盘，比起住上一两个月的旅馆钱，要便宜得多了！

九月六日于宜昌

记国府的门户宜昌

白　桃①

“宜昌滨城大江左岸，巴山环绕其东北，大江蜿蜒于西南，地当三峡之口，东控重湖之尾，川蜀之门户，荆楚之屏障也。”地势之险要，于此可以想见。而且，自从敌寇西犯武汉以来，鄂西在战略上，不仅是武汉后方的重要据点，而且右抚湘赣，左控陕豫，进足以支持武汉，直下皖赣，歼敌于鄂，省以外，退足以扼困敌人，捍卫川黔。而宜昌实为鄂西之心脏，军事政治中心地，且为目前国府所在地重庆之门户也。

记者因事于八月抵宜。初到时，觉得宜昌平静无事，看不到一点战时景象，朋友们在汉时告诉我说，宜昌有两三万人在那里候船西上，连马路上也睡满了人的

① 作者生平不详。本文原载《全民抗战》1938 年第 19 期。

话，实在说得太过火了。在这里所看到的除难民外，最多的是断臂折足的英勇战士。他们常常三三两两的在马路上闲荡着。其次是从下江来的高等难民，他们多手提司的克，散步于马路之上，带着乘此机会遨游名山大川的气派。离城不远，有一座东山公园，每当夕阳西下，成群的青年男女，双双蹀躞于山水田塍之间，而花前树下，茶客满座。最令记者惊奇的是这里的书场非常发达，例如桃园、雅园、四明茶社等等，一到夜晚，茶客满座，于是歌女引起婉转之喉，大唱其西皮二簧滩簧，很有点像上海大世界唱清唱的地方。

可是，另一面所呈显，在记者眼前的，却是庄严的工作：这里的墙壁上，贴满了荣誉师政训处和服务团以及文化界行动委员会、青年界行动委员会和妇女界行动委员会的标语，有的是大幅壁画。

记者连日和当地党政机关及热心救国行动的一部份青年接触之后，知道这里的动员工作，在地方党政机关领导之下，已做了不少。据记者所知，宜昌自从去年十月以来，救亡运动便开始蓬勃起来了！最初是感应性最灵敏的小学教师，他们一百多人中有的参加政府组织的抗敌后援会的工作，有的自己组织了戏剧队，在街头，乡村，努力宣传工作。学生们也被大时代所震动，在严格管束和繁重功课压迫之下，毅然出发到附近各县去做过宣传工作，其中以私立四川中小学最为活跃。

过了不久，青年救国团也在这里成立了！据说不到两三个月，团员已达三百多人，在他们热心的号召之下，职业界青年和家庭妇女也动员起来，参加到他们的队伍里来了。青救迅速的发展和对工作的热忱，造成宜昌最活跃的一个民众团体。宜昌青救现在虽然不存在了，但许多青年一直到现在还津津有味的谈着他们过去的光荣工作。差不多和青救同时，在地方党部努力号召之下，又组织了第六区青年行动委员会，而文化界、妇女界行动委员会也在地方党部号召之下，前后相继成立起来了！这些团体，在宣传慰劳募捐方面都有过很大的贡献。

目前，在宜昌最活跃的团体，要算抗战剧团。记者到时，他们刚从乡下演剧回来。这个剧团已有两年的历史，平时非常努力。现有团员三十多人，多数都是海关和洋行里的职员。一到下办公厅的时间，他们便集合起

图 28　宜昌街头的《难民曲》演出
（原载《抗战戏剧》1938 年第 1 卷第 4 期）

来排习戏剧，研究种种问题，经常过着集体生活，举行集体的自我教育。过去，他们常在城市里演舞台戏，最近则注意乡村戏剧，已经下过几次乡。他们还有一个孩子演剧队，有队员三十多人，记者到时，他们正在向着下江一带的乡村去演戏了。据一位领导他们的大朋友在一次座谈会上说，这个孩子剧队，也由孩子自己统率，他们的组织分成总务、生活、教育、工作等部，处理队里的一切事务，而且经常举行讨论会、检讨会等来作自我批评及自我教育等工作。

除抗战剧团外，宜昌还有一个抗敌剧团，有团员三十多人，过去专演舞台戏，在宜都宜昌一带曾做过不少次的宣传工作。据该团团长刘先生说，他们最近打算办一所难童学校，无限制的收容难童，施以教养。宜昌有不少难童流落街头，蓬首垢面，甚至身上出虫，无人照顾，情形非常可怜！希望这件事能够即早实现。

这两个戏团都属于文化界行动委员会。此外，文化界行动委员会里还有一个音工组，最近已成立宜昌歌咏团，有团员三十多人。八一三周年纪念日，歌咏团在民众教育馆举行了一次歌咏大会，到群众一千多人，可谓

图 29　孩子剧团全体团员
(原载《剧场艺术》1940 年第 2 卷第 2 期)

盛况空前。

青年行动委员会是黄指导专员一手创办起来的，过去非常活跃。据说拟在第六区所属各县成立分会，在宜昌县城各街道各学校成立分团。今年六七月里，又成立了一个宣传队，曾在街头做过口头宣传和出壁报等工作。青年行动委员会里，还有一个孩子工作团，他们的经常工作是宣传。最近正在排演戏剧，因为受到孩子剧团和抗战剧团里的孩子演剧队往外县演戏宣传的刺激，这些孩子们也再三要求到外县去宣传。

除青年、文化这两个行动委员会外，过去在宜昌还有一个妇女界行动委员会。据说后来因为会里有所谓不稳份子，便改组而成妇女救国工作委员会，参加者太太居多，小姐尤其是女校学生很少。因为热情的女青年少，有许多工作便不容易做起来，最近因为事实上的需要，这现象已逐渐克服过来，已有一些热情女青年，参加进去了。她们最近的工作，在接送难童和慰劳工作上面。

在动员民众方面，宜昌省民教馆和县民教馆，也有过不可磨灭的功绩。他们曾在茶馆里举办过巡回演讲处，最近省民教馆还举行过一次抗战图画展览会。据说县民教馆曾组织过儿童团，最初参加者有一千多儿童，所以一直到现在宜昌的墙壁上还留有他们的工作痕迹。

最后，我要谈谈此地的教育界，过去教育界的同志虽个别参加救国组织，虽曾个别推行抗战教育并组织儿童起来做种种救国工作。但整个教育界没有连系，缺少互相研究，互相帮助的机会。这个问题，终于在有一次的欢迎会上被提出来，立刻得到全体到会人的同意，而且推出筹备人来开始进行宜昌教育界的组织了。不久，抗战教育研究会战时教育社这一类组织，就会在宜昌出现。

据记者以很短促的时间在此观察所得，觉得沙市、宜昌一带的动员工作，在党政各机关努力领导和热心青年努力奋斗下，虽有长足进展，但一般说来还不够深入和普遍。现在武汉危急，政府急于动员民众参加抗战，可是这里的工作仍停留在一般宣传上，没有把宣传后所受到的影响，进一步把民众组织起来。

宜都一日记

浙　沥①

从远一点说，宜都与宜昌并没有什么分别，因为在三国时候，宜昌就属于“宜都郡”的范围。但是，后来政治区域上的划分，经过许多沿革，渐渐地宜都就和宜昌各立门户。到现在，各是湖北一个县分，相隔水程就有九十里，宜昌居上游长江北岸，宜都则在下游居长江南岸。我们从宜昌出发，到宜都去观了一天的光，说不出是为了什么，人总是爱新鲜玩意儿的，没有去过的地方，总爱去走走，不管他目的结果是怎样。

“我们星期日到宜都去玩罢！”起初有一个人这样说。不几天，这样说的人便多了，终于由传说而成事实。

---

①　本名不详。早年曾在上海第四中华职业补习学校实用文学科学习。后曾在民生公司宜昌分公司工作。著有《乡行杂记》《合川大水入城记》《记楚剧》《上海报纸副刊述评》等文章。本文原载《新世界》1936 年第 99 期。

夜色还笼罩着大地，天空还满布着稀稀疏疏的星斗，昨夜与臭虫蚊子作殊死战的我，正在朦胧的当儿，突然“颗！颗！颗!”的声音，把我惊醒，原来是高老师遵守昨天的预约，在门上放“起身炮”。急忙翻了起来，洗脸，收拾简单东西。打开门便一片叽叽呱呱的声音，大家都准备要走了。

马路上的电灯还闪着微弱的光线，晨风吹在身上，颇有些儿寒意，沿着河岸，走到码头上，远远有电筒射出光芒，这是罗老大在竭诚等候。半边泊着一只小划儿，把这一群人分做几批装上了民和小火轮。轮机冲冲地冲破了寂静的空气，“嗡”！汽笛一响，在快要开头的当儿，“慢点!”李胖子在岸上跑得气喘，一面喊叫。待他上船之后，民和便扭转身躯，在些微的晨光中，乘风破浪而下，那时正是五点。

太阳从山后露出一线光芒，渐渐扩大了起来，天空的白云，幻出许多形态。一会太阳渐渐升高，隐藏在云里面，透出柔美的光线，倒映在水波里，到是一幅绝妙底图画。我偷偷地把它摄入镜箱里。

船身渐渐离开宜昌，放乎中流，在晓风习习中，鼓浪前进。两岸的山峦，各展露其不同的姿态，美乎，亚细亚，银色的坦克，似乎还在酣睡的大块头一样。宝塔河后面，已透着阳光，塔上底小树和塔身，借天空的衬托，映出一幅阴影的图案画。

“那就是执笋山啦!”站在船头的鸭翁，伸长右臂，用肥硕的食指，指着岸上一个现有笋形白纹的石崖说：“山上有一块很大的石头，与山隔开了的，中间有一座石桥，连系起在。石头上还有一座庙子，蛮凉爽——那里不是吗？你家看!”鸭翁在深恐人家不相信的样子下，继续加以解释，还指着岸上切实的证据。我顺着他的指头，远远望去，那里是庙，那里是石桥，还依稀可以辨认出来。

船到旧荆门州（现在叫做荆门），对面便是虎牙山，河里叫做虎牙滩。这里也有一段小小的峡，不过与巫峡比较，真可谓小巫见大巫了。出峡后，两岸渐渐平坦起来见不到什么山，似乎河身也没有那样曲折。远远望去，好像从水里冒出了一阵阵的黑烟，知道下面有轮船来了。大家屈指一算，今天这些时候，是应该民权和长阳到宜昌。渐走渐近，大家从船的轮廓推测起来，便决定了是民权，结果，证明大家推断的不错。

图 30　民权轮
（原载 1937 年《民生实业公司十一周年纪念刊》）

“嗡”！一声响彻江面的汽笛，民权在打招呼了，民和也还了礼。在彼此“礼尚往来”之后，会船而过，民权领江台上，持着望远镜在向民和窥视的，大家猜想必是周船主。两只船上的人，虽然彼此认不清楚面目，但照例的挥手，挥帽，扬巾，颇有兴高采烈的样子。互过之后，问题可是来了。

因为民和这只小小的洋船，在长江里面，会着民权，以公司本身来说，算是小弟弟会着大哥。民和船上，装载着的人，虽然不多，可是统计起来，除船上职工不计外，男女老幼，就是三十三个。自然，各有各的典型和个性。其中的“柑儿树”先生恐怕以“忌讳最大，胆子最小”八个字来形容他，最适当。记得有一次是乘昭通到三游洞吧？在船还未开行的时候，有一只小划，装着一副黑漆棺材，打从昭通外面经过。“这副棺材木挺好，值多少钱哪?”记不清楚是哪一位这样有意无意的瞎扯了一句。

“四十八块，你家!”划夫顺便答覆了一句，接着一篙竿撑开了去。

“柑儿树！这四十八块的行军床多么好，你何不买去睡?”不知是哪一位促狭的，向他开了玩笑。然而他呢,并不答话,拿着帽子,马上要起岸。无论如何是不去的了,任便怎样挽留,也是无效。还是后来“蓝老总”颇有见解,拿出胡琴来“工尺一四合”拉了起来。真怪这琴音好像可以祓除不祥似的,“柑先生”也不走了,而且还情不自禁地拉开了“痰派”的喉咙,“张公道……”唱了起来,才把此事渐渐忘却。然而船到中途,稍微一侧,“喔唷!”他便叫了起来,但是,要想上岸也不行了。终于到了三游洞,也学“蛙式”“仰式”玩了半天,安安全全回到宜昌,并无什么不吉之事。

这一次么兄弟碰着大哥,见面时当然很客气。可是互过之后,其掀簸之程度,那是不消说得。富有航业经验的“柑儿树”先生,这一点他当然早已想到,两船刚刚一过,他便用目光在小小的民和半截扫了一遍,“明石呢? 明石呢?”他用一种惶急的声调,在找他的“小牙子”(湖北语意即儿也)。

“在这里。”他的明石坐在领江台里,在答应。

“快些到我这儿来,船快要簸了,谨防掉下水去!”他下了一道紧急命令,在船头左面打手势。

于是他的明石便从较为安全的领江台,跳了出来,到他那较为不安全的船头去。刚刚走到不几步，船头便栽了一个跟斗，全船的人，仿佛坐在摇篮里面一样。

“咦!”柑儿树先生，吓得面无人色，一手抓住铁柱子，一面又用惊惶的目光，向他的“小牙子”一望，见他的“小牙子”正被“小鸭子”一把抱住，并未掉下水去，这才放了心。

“就……就在那里，不要乱跑!”这是柑儿树先生上下牙相冲击时说的话，接着船头被软皮浪鼓了起来，往上一爬，又是往下一栽，差不多这样经过了半点钟的光景，才渐渐平稳起来。柑儿树先生虽然是抓住栏杆兀自的坐着，可是面庞上已找不出丝毫血色。经过了许多时间，还未恢复原状。

这样一来，大家的精神，紧张了许多。船头的风，刮在身上，也不冷了。在沉默了相当时间之后，谈笑又渐渐多了起来。柑儿树先生于是成了谈笑的中心，胖朵朵的“鸭翁”唱“司马懿”就不消开得脸。加以一副诙谐的湖北官腔，与柑儿树竟成了不解之缘。不是你谈话绊住我，就是我冷射你，因此时而引出一阵嘻嘻哈哈的笑声。

柑儿树先生，是道地宜昌人，关于宜昌附近一带，他都很熟悉，沿途都在指手画脚，这是哪儿，那是哪儿。六点十分，船到“鼓楼碚”，在江之北岸“红花套”便在对面，此地是宜都与宜昌交界之处。据说鼓楼碚产棉花，而红花套则产蜈蚣。其方法是把鸡毛埋在地下，经过一些时间，把土掘开，里面便有许多大条蜈蚣，用篾片一条一条的穿起来，说是销川省的一种药物。至于这是鸡毛会变蜈蚣，或鸡毛会引致蜈蚣，则尚待查考。

六点三十分，船到四十六号“把子”，“把子”是以指示轮船进行的，由汉口到宜昌，共有四十九号，以木作成三角架，竖在江边，架上顶着一个竹子编的圆黑球，架上有块木板，标明号数。其中也有每一号分做A、B甚至C、D的。这件事是由海关经办。宜昌有几句歌谣：

“中段领江不用学，见把就过河，过河就打铊。望远镜儿买一个，三五块钱不为多。”

宜昌至汉口这一段，叫做扬子江中段。“打铊”，量水之深浅也。这几句话是把中段领江，形容得太容易了，颇有挖苦的意味。可是，事实上学中段领江，就比学川江领江容易得多。第一，中段没有什么石头，除了相撞而外，顶多是把船弄来搁起。第二，沿江有把指示航路。不过川江的石头，是不变易位置的，不管洪水枯水，只有水势的改变，石头不会搬家。而中段到了枯水时期便要发生"浅"处，年年的地位不同，而洪水的沙，也时时有变更。这就要凭经验技术去应付了。

时正七钟，从茫茫的烟波里，远远望见一条黑线，这便是我们的目的地——宜都了。

从前说过，宜都与宜昌，在三国时，原是一家，在南朝陈才分置宜都县，清属湖北荆州府，民国初属荆南道，长一百里，宽一百四十里，东与东南与枝江接壤，南与松滋连界，西南与长乐，西与长阳，北与宜昌，东北与当阳为邻。地当长江南岸，清江流经县北而入长江，是为清江口，宜都县城便在两江交流之间。

民和到了宜都，正是七点十五分，慢慢驶入小河（即清江）泊近囤船。原来宜昌到沙市的小火轮，上下经此，均要停泊——因为有货物和客人上下——由"湖北内河航政管理局"设囤船一只，并修码头一座，以便客货上下。我们公举李胖子先打个招呼，借此停泊一下，蒙其首肯，于是我们这一大群人，鱼贯登岸，走进了宜都的北门,其实城墙早已没有了。

这个地方,以整个湖北来说,尚不算偏僻。然而工商业并不十分发达,所以地方上种种都觉得落后,一般人民常识,觉得尚不充分。当我们走在街上时,竟把街上的空气搅动了,因为街道尚称清洁,究竟很窄,两边商店里面的人说话都会触动我们的耳膜。

“咦!这些是洋人吧?”

“嗯!不是,说话我们听得懂呀!”

哦!原来我们有几个戴的白考克帽儿,兼之身着短服,手拿“司的克”,竟被误认为洋人,不胜荣幸之至。幸好说话他们还听得懂,完全不想到我们的鼻子眼睛还相像呀!

我们因忙着赶路,都起身得太早,谁也没吃过东西。加之在船上抖了两个多钟头,肚皮里都感觉需要,大家都主张先找一个馆子,把吃的问题解决了再说。有人说大观的东西颇好。找到大观去,说是已不卖餐,只是浴室。经人指示,回头又找到一家望梅酒楼,门前是个肉摊。从其外貌看来,简直难说清洁,不过急于“止渴”,另外找不出再漂亮的馆子,于是权且将就。上楼之后,还觉马虎可以坐，据说这便是此地第一流的餐馆。洗脸的洗脸，吸烟的吸烟，解决紧急问题的，各人自谋解决。酒馆老板，颇会做生意，知道原来用的又黑又滑的面巾，是不会受我们的欢迎的，特地买了几张新的毛巾，给我们洗脸。买主心里既舒服，洗了东西还是在，真是一举两得。

坐定之后，从四壁一望，发现一张中山公园茶社的一张广告，居然用的四六骈体文，因此才知道此地又名"陆城"。据酒楼的人说这条小河，他们不叫清江，俗呼资邱河，或者汉洋河，或者长阳河，搬出了一大堆河，却把我弄得莫名其"沙"。后来才弄清楚：清江，古夷水也。源出湖北利川西北，流经恩施、建始、巴东、长阳而入大江。然则长阳河者，清江也。汉洋河由长乐流经宜都之汉阳坪，与清江会流而入长江。然则汉洋河者，清江之支流也。而资邱者，长阳之属地，产红茶，由木船运此，转汽船运沙市或宜昌，为出口大宗之一，因此其名遂著，而清江之名，反湮没不彰矣。

环观壁上，贴有种种禁烟标语，大概是由什么禁烟机关制贴的。内中有一条，颇耐寻味。原文是："无病吸烟是犯法，有病无照吸烟亦是犯法。”意思是烟可吸，但须有病而不可无照。又“哈德门”的广告，壁上也贴了好几种，有一种各处墙壁上见到过的。此处街市无大的墙壁，照原样缩小，上面绘成图画，旁面缀以很简单明了四个字“还是他好”。此种广告，遍街都是。又有一种，系详细宣传烟叶好坏之比较。又有一种，系绘的水浒故事，而为民间所习闻的“武松打虎”，上面也在宣传“哈德门”。这样一来，市面上吸的纸烟，舍哈德门外，别无他种牌子，国货香烟，连种也找不出，可见其宣传力之大，用心之深。近年来“哈德门”烟，都市上已不流行，他便在较为偏僻的地方用工夫，在无办法中寻出办法来。

酒馆，因为我们这一些顾客光临得太早，连买菜割肉都来不及，要马上吃，当然办不到，然而到了馆子要是不吃，肚里越闹得厉害，暂且买些白糕蛋糕之类，来打过点心。一会儿，点心到了，大家一声呼啸，大有赴汤蹈火之概，虚伪谦逊和礼让，此时已完全用不着，人类之本能面目，在此处充分的显露。点心吃了之后，凭栏望望，街上远远望见漏了船的滥泥和宏宽，慢慢踱了来。

“咦！你们是怎样来的。”

“嘻！你们不等我，我们自有办法。”

“赶的沙市小火轮吗？”

“对了！”

“快上来歇。等一会儿吃饭。”

饭菜弄好之后，摆将上来，坐满了三大圆桌。杯盘狼藉而后，略事休息，才整队出发，到处观光。

出酒馆为西正街。从右沿街西行，不远便是西门，城门和墙，均已拆卸。右边有一个钟楼，原为第四师士兵所筑。就城址建筑马路曰中山路，循中山路西行，见岗位上并没有警察，一问才知道全县只县政府有个公安科，仅有警察十余名，不敷分配，所以岗位上也只好姑付缺如。路左有清江书院，现为中心小学，为全县最高教育机关，墙壁上写着许多新运标语，而衬以图画，门前有对联一付：“实施救贫救弱救愚救私的教育，培植知礼知义知廉知耻的国民。”我们到学校里去参观，因为是星期，学校空空如也。会一位身穿白学生服的教员，谈了一谈话，两级学生，共十一班，约五百三十余人，校址颇宽大，做学校很适宜。据说另外还有一部份，距此不远，想来没啥看头，只好兴辞而出。

随即到中山公园参观。此园在南门外，南北各有园门一个，北曰中山门，南曰中正门，有足球场一个，有几个人在烈日下骑脚踏车。图书馆内并无书籍，内设票房一所，曰公余同咏社，壁上粘有程砚秋、徐碧云之类的几张花装照片。我们从此经过时，里面正在“杀鸡杀鸭”的扯胡琴，一会儿又在唱“一马离了……”好像似留声机的发条未上紧一样，而且胡琴与唱词，很有各自为政的样子。

园内稀稀疏疏也有几幢房子。有一幢做作茶馆，上搭凉棚，正值烈日当空，大家在此权作休息。商议以此处作根据地，大家分头出外游玩，回头仍在此地聚齐，不愿出游者作留守。午后三钟，民和决定开头回宜昌，盼望大家注意时间。如因不遵守时间而漏船，那也就谁也怪不了谁。议决之后，各自分头活动。

综观此园，或许因为才修不久的关系吧，各种设备，离“完善”二字似乎还差得远。树木也少，而且很小，有中山纪念碑一座，工作亦极马虎。

此地别的建筑说不上，但庙子都很好，就以公园周围来说，就有五六座。在烈日蒸蒸之下，摇着扇子，竟与茶馆老板攀谈起来。不知不觉，竟扯到庙的问题上去。他也很高兴，竟扯出一个庙的故事来。据说：附近有个广济寺，原来是状元府，后来做了庙子。事情大致是这样：不知那个朝代，有个姓刘的，很有才学，大概他自信力很强，他相信他必定要中状元，在未中之前，便预先修了一座状元府。落成之后，上京赴试。总怪他的存心太偏，不该在路上瞎想，因为他原配夫人，不十分摩登，他想中了状元之后，如何去恋上一位新夫人。不想这事被纠察神知道了，“任你文章高天下，只怕朱衣不点头”。因此失荣而归，状元府成了瞎子的眼镜，终于无用。他气忿之余，很忏悔自己的不是，才把状元府捐给我佛如来，作为广济寺的庙址，就是现在的佛学社。我们因为要醒醒瞌睡，所以姑妄听之。

此外附近有光耀电灯公司一所，为全县光明总机关，有柴油引擎一部，可发灯三百盏，系燃通夜，每月二元上下。湖北省银行也在此设有分行。城内有新民戏院，就依圣观庙子而设，戏台系将就原有旧式舞台，剧场亦系露天，中设条凳若干，票价二角至三角，牌上写着：“夜戏：刘升青杀四门，白玉楼，鸳鸯桥”。只以时间所限,不及领教。我们在茶馆久坐多时,甚至有梦见周公者。一觉既醒,查点人数,都已聚齐。会了茶钱,起身看座之时,柑儿树先生忽然缺乏了一样东西。“茶房!我的帽子呢?”

“什么帽子?先生!”

“草帽!”

“哦!草帽吗?我们有个伙计出去买东西,借用一会儿,马上就要回来的。”

“什么?你们乱抓客人的东西吗!你知道我的草帽上是写有名字,编有号数的吗?要是你与我掉了,出了事体,非登报声明不可!”

“是的,先生!”

“简直混账!”接着茶桌上便是一拳,“那有这种道理!”柑儿树越吵越起劲,我以为他又吃了酒。

茶馆老板,见事体扩大,着了忙,派了几个茶房出去找乱抓帽子这一位。不多时清获原物,双手奉还,弄得柑儿树先生不知道还是骂一阵的好,还是笑一阵的好。

按着天然的程序及生理的变化,大家的肚皮,是应该饿的了,因此又折回望梅酒楼吃午饭。前奏曲是一大盘包子，其赴汤蹈火之情形，不减于早上之吃白糕。有两位小朋友，一面吃，一面从裤袋里塞，不想包子太烫，衣服太薄，热气与大腿接触，颇不好受，急忙用手从外面捏着，以隔开包子与大腿接触的距离。隔一会儿又抓了出来塞进嘴巴，我很佩服他们的高明和勇敢。

我见酒馆门楣上贴着一块纸方儿，中间有两个较大的字"覆查"。两边各有一行小字，一行是"营业税局"，一行是"二十五年"。

"此地也有营业税局吗?"

"是的！有。"

"你们一个月可完多少呢?"

"去年每一个月七角半，今年每月要完一元五角!"

"今年生意好些吗?"

"不!"

"为什么……"

"……"

此地虽地方不大，又山多田少，可是出产相当的多。大宗出产，要算桐油。在此坐地收买者，有安利英、施美、三北等数家，每百斤市价六十几元。桐油由四乡挑来，或由远处木船运来，落存油行，由油行作居间人，售与买油各家。成交之后，用小火轮运到宜昌，再转铁驳运往申汉出口（大致是太古、怡和、日清的生意）。此外山货、皮油、草纸亦为本地出产，长阳之渔阳关产红茶，销英俄，由木船运至此处，转小火轮运往沙市，或宜昌出口。其他鸡蛋、茶叶亦为零星出口货物。以上出产，惜乎没有统计的数字。入口货则为疋头、杂货、纸烟、洋油、西药之类。我觉得此地较宜昌出产为多，交通方面，虽有清江可通恩施、长阳等县，但无公路，不能通武汉，且大轮船过道，亦不停泊，所以市面终不及宜昌。然而较之再为偏僻的县分，自然又好一些了。

吃过午饭之后，天气愈见亢热。闻十里外，有个北洋镇，有宋朝张商英墓，并照镜石等等。本想顺便去瞻仰瞻仰，为了时间关系，只好作罢。午后二钟半，乘民和驶返宜昌。在路上居然搁了一下，幸快车得以脱险。受了三个钟头的薰蒸，船抵宜昌码头，大家都昏头昏脑，各自回家，洗澡，休息。

浠水之行

冰　莹①

（一）

在汉口时从报上看到浠水被炸的消息，决没有想到是这样炸得凄惨的。下了船，只看见许多士兵去船上搬运子弹，却遍找不着一个挑夫。我提了两件行李跟在林军需的后面走进了浠水城。

一条直街，是用士敏土筑成的马路，光滑，平坦，走在上面，脚像生了翅膀似的，走得特别快。两旁的铺子都关了门，有些开着的住的全是队伍。一连走了两里多路，仍然找不着一个挑夫，我看到一个卖梨子的小贩，向

① 冰莹，即谢冰莹(1906—2000)，湖南新化人，主要著作有《从军日记》《女兵自传》《我的少年时代》等。本文原载《宇宙风》1938 年第 75 期。

他说了很多好话，他允许替我挑到北门。

“老板，怎么一个挑夫也找不着呢？”

我们间的谈话开始了。

“日本飞机炸得太厉害了，老百姓都逃到乡下去住，不敢进城来。”

“你为什么没有逃？”

“我也住在离这里十多里的乡下，不过，每天挑梨子上街来卖，唉！没有饭吃呀。先生，如果不上街做点小买卖，一家人都得挨饿；上得街来又怕遇到飞机把我炸成两段，这世界的生活，真不好过呀！”

接着他告诉我七月十七那天敌机轰炸浠水的经过：

“我长到四十多岁了，从来没有听过炸弹是这么厉害的，那天早晨和我一同挑梨子到街上去卖的还有张老头和小毛。因为各人走的路不同，所以飞机来炸时，我躲在茅厕里，只听得“轰隆”“轰隆”响了百多下，不到半个时辰，跑出来一看，县政府门前，鸦噪街一带的房子都炸成了灰，张老头和小毛的梨子还摆在那里，但人却已炸成肉酱，飞到墙壁上去了。还有几十个伤兵住在一家铺子里，被炸得和瓦块合在一堆，再也找不出一个完全的尸首来……”

他用悲伤中带着愤怒的语调一面说，一面不住地摇头叹气。

“是的，日本鬼到处都是这样无情地轰炸我们，要复仇呀，老板、老百姓都要帮忙军队打日本鬼，才能把他消灭的。”

我走得有点累了，因为昨夜在兰溪，痢疾又发了，一连泻过十几次，今天为的要赶路，开水都没有喝一口，怪不得我只想休息下来。

“到×家桥还有多远？”

听说总部已搬到那边，我想要他再送我五里路。

“呵，不行不行，先生，我要卖梨子，不能去×家桥，我家里在等着我回去吃饭的，我不能去！”

想不到这一问，他却把担子放下了，无论如何也不肯继续挑，自然我绝对不能勉强他挑，于是给了三角钱工钱，他连向我作了几个揖，微笑着挑着担子走了，另一个十多岁的小孩，站在旁边连忙说：“我替你挑去吧。”

林军需因为行李太重，又找不到挑夫，所以没有来了。

一路上看不到有一个做买卖的，除了方才那个卖梨子的老头之外。有位老太婆守着一大堆沙罐，坐在那里默默地打盹，旁边的房屋都被炸毁了。

“老太太，你还没有逃走吗？”我很关心地问她。

“逃到那里去？沙罐是我的财产，我离开它，怎么过日子呢？”

事实上，这时谁去买她的沙罐呢，唉，可怜的老太太！

一面走，一面和孩子谈话，不觉得就到了目的地，跑去副官处一问，知道湘雅战地服务队还住在城里！总司令和白副总长刚从前方回来，也住在那边，于是先打发挑夫走了，黄处长要我吃了晚饭后再乘军用车进城去，两天的疲劳，总算今夜可以得到暂时的休息了。

（二）

我为想多知道一点关于浠水的情况，早晨七点多钟就和杨济时先生去拜访那位新上任不久的谢县长。

“恐怕去的太早，也许他还没有起来吧？”

走到半途，忽然我想打转。

“不会吧，这位县长是特别的，昨晚他到我们那边，你不是看见过的吗？年轻，热情，又勇敢又忠实，真是位清官，老百姓来我们诊所医病的都说他好。我想他决不会像其他的县长一样，要睡到十二点钟才起来吧，哈哈！”

经他这么一说，我向后转的念头打消了。

“怎么？县政府也炸得这样一塌糊涂？”

我看见两边的房屋都成了一堆堆的瓦砾，不觉惊讶起来。

“可不是？县政府的监狱也被炸毁了，但里面两百多个囚犯却没有一个死伤的，据说只有一个逃到街上去的，遇着敌机用机关枪扫射受了伤。”

我们像散步似的走进了衙门，出乎我意外地没有遇到盘问，也不经过传达的手续，一进去就见到谢县长了，在那间摆了一张长桌，几把椅子的简单客厅里坐下来随便谈天。

桌椅都是有了相当年代历史的，坐上去，椅子有点像摇篮，桌子因为不像一般办公应用的铺上雪白的台布，所以那一条条的裂缝也可一目了然。我是最爱朴素的，坐在这样的客厅里，感到特别舒服。

“杨先生最近不走吧？这里的老百姓因为太感激贵队列位同志救护他们的恩典了，所以制了一块匾相送。”

“哪里，哪里，太惭愧了，因为时间很短，没有做出多少成绩来，真对不起老百姓。”

原来杨博士所领导的湘雅战地服务队来到浠水，正是敌机轰炸后的第二天，三百多炸伤了的民众和士兵，都在他们开的免费诊疗所医治，所以地方上的老百姓都把这些“少年医官”们当做菩萨似的尊敬，崇拜；知道他们快要离开浠水了，谁都恋恋不舍，大家愿意从荷包里掏出些血汗钱来制一块大匾送给他们。

我为的急于要知道动员工作在浠水的情形，所以首先提出这个问题来。

“谈到动员工作，浠水比起其他的城市来是落后的，”县长谦虚地说着。“此间动员委员会是去年十一月间成立的，我因为才来只有两个多月，所以过去的情形不大清楚，浠水也像其他的县份一样，是实行保甲制度的，除了社会军事训练外，还有个乡村工作分会，这是由总会孔庚先生领导的，工作做得很好，可惜后来为的和某机关发生了不应有的摩擦，所以乡村工作分会便停顿了。在浠水，目前的工作比较有点成绩的，还是壮丁训练，已经调去参加前线作战的有七千多了。妇女方面，正想把她们组织起来，参加生产工作。农民的社训，因为奉命六月至九月是停止的（这三个月正是他们农忙的时候）。现在只有店员仍然继续受训。这儿的老百姓是很忠实纯朴的，但人民的自卫能力太差，组织的力量也很薄弱，最近我们才发现离这里五十里地方的一个乡下叫做圻阳坪的（在三角山下），有一位无名英雄程大鹏，年纪已经五十八岁了，精神矍铄，满面红光，据说能飞檐走壁，又是射箭击枪的能手，在圻阳坪有一百多猎户，程大鹏是首领，他们有枪，有箭，也有大刀，一月前我把他找来谈了几次话，委他为义勇壮丁队的队长。两百多猎户都组织好了，也归程大鹏指挥，将来以他的游击队去配合正规军与敌作战，我想一定能发挥很大的战斗力的！”

县长一口气说到这里，我的精神突然抖擞起来。真怪极了，在民族万岁里，有一个爱国志士叫做魏大鹏，他射得一手好箭，因此遭敌军官士肥正雄的忌刻，要置他于死地。想不到现在有个真的大鹏出现，我祈祷他将来作战时百战百胜，每个在他指挥下的壮丁都成为勇敢能干的大鹏。

浠水全县共有五十七万人口，分为五区，住在城里的有三万人左右。教育方面，有县立初中、中心小学、短期小学各一所，完全小学两所。此外还有教会办的一所新民小学。县立民众教育馆的工作，也有相当好的成绩。一般地来说，浠水的民众对于国家的观念是有深刻认识的。因为这儿在目前成了鄂东军事交通的重心，平均每天要由县政府派出挑夫至少五百名，不是民众热忱卫国的话，光只拿这个问题就够头痛了！

谈到挑夫问题，谢县长也感到有点不大好办，因为一般老百姓都愿意挑短期的，但军队常常把短期的变为长期，这就叫老百姓不大踊跃了。的确，这是一个比较严重的问题，副司令长官也说过的，前方最感困难的是挑夫问题，因为那边既不通汽车，又没有河道可走，一切运输，都靠着人力。

“我以为应该把难民的壮丁组织成长征队，永久随着军队担任运输工作,否则临时派夫,实在太不方便,而且太没有把握了。关于运输方面,政府要有整个的计划才行。”这是我的提议,谢县长也表示同意。后来他又继续告诉我们,浠水的船、手车、竹筏等交通工具,是已经被军队统治了的。这儿的民众倒很高兴为军队服务,关于这点,我有一个证明,由兰封到六神港的时候,我曾经问过九个船老板和挑夫:“你们高不高兴替军队服务?”

“还有么事不高兴?日本鬼打到我们的头上来了,难道还不起来反抗?军民要一条心合作起来,才能把鬼子打倒的呀!”

光只听了这几句简单的话,你就了解他们的内心是如何地怨恨敌人,爱护祖国了。

谈到交通,浠水是很方便的,水陆两路都四通八达,北至罗田,由罗田东至英山,东至广济、黄梅,南至武穴以及江西的德安、永修,都有汽车可通。浠水城至各乡镇都通电话,敌机来袭时,只要由总机迅速地用电话放出警报,不到半个钟头,全县民众都知道这制造罪恶的魔王就要来到了,应该赶快躲避它。

图 31　浠水大桥
(原载曹聚仁等编著《中国抗战画史》,联合画报社 1947 年版)

图 32　浠水县一角
（原载《中华》1938 年第 70 期）

浠水的重要出产是米和麦，今年又是丰收，在抗战期中，这的确是个很好的预兆。希望前方的战事顺利，天天打胜仗，否则，这些黄金似的稻子，如果有一天落到敌人的狗嘴中，实在太令人痛心了。

正在谈得很起劲的时候，忽然噹噹噹地外面在敲锣了。

“这是警报，你看他这么早就来了，浠水本来有一座警钟，十七号那天给他炸毁了，所以现在只有用锣来代替。”县长说着，我们都笑了。

“县长要不避躲一下？”

杨医生带着开玩笑似的口吻问。

“不，我们从来没有进过防空壕，那天大轰炸时，我就坐在这里没有动，第二次我伸出头去探望，敌人用机枪扫射，差一点中弹了。”

他那种十二分镇定，谈笑自如的态度，的确使我们异常钦佩！谈完了话，走出那被炸毁了一半的衙门时，已经九点多了。

黄冈小记

金田①

在武昌，坐了半天以上的小火轮，就可以到得黄冈了，黄冈是前清的黄州府城，也是王禹偁所称多竹的黄冈。

黄冈古时的情形，我们不大明了，但据说因为清时是府城，隶属八个县份，所以也有过它极繁盛的时代，但如果把它现在的市面来讲，别说抵不上苏省江北的一个顶小的县份，就是和我家乡宜兴的镇市比来，也还是够不上的。

全县多山，街道便多是山石筑成，高低凸兀，步履非常艰难，一至下雨，高的是碗大的石块，低的便成泥浆，而且街道狭小，两面店户的屋檐，更参差地伸到街心，使

① 作者生平不详。本文原载《星华》1936 年第 1 卷第 25 期。

行人既要注意足下的难行，还得留心迎头的檐水，一不小心，非特做了落汤之鸡，还有成为烂泥菩萨的危险。

街上大半是一间门面的阴暗的铺子，尘封挂满了壁角，使你看到这古城百物萧条的景象，油盐酱辣，也只是在柜前装了几个小小的坛子。而二间门面的，却多是挂着“仕宦行台”“安寓客商”的栈房，栈房的所以特别多，听说还是从前八县书生，来府考时遗留下来的设备。至于栈房的形式，那更和我们江南迥异，在右面的一间门面里，中央便支起一个很大的灶户，灶户后便是厨板等等，堆积着许多杂乱的菜蔬，而左面的一间门面里，剩下一条狭窄的路，端中放着一张方桌，毛脚长椅围在四边，再桌后便是堆到半屋高的柴火，烟灰蓬勃，进门便使你透不过气来。全城只有一条长街，统共也不到百来店家，而街道上热闹的也只是一个早晨。菜贩是满街，及至午后，街市便荒凉如山僻的小径，很少有路人行走，晚上更没有夜市，全城也找不出一盏路灯，天一黑，便成了睡眠的世界，住在小栈房里，在如豆的青灯之下，如果你辗转不寐，万籁俱静时，你可以准备听破锣敲过屋角的声音，这破锣声里，它可以告诉你一些凄清的梦。这古城所经历过的、往昔的繁华的梦。

但现在这古城，是极其荒凉而穷困的，是一座年久而没有翻过身的“败落户”呢。

然而这座小城也还有它的长处。自然的美景，却很够人赏玩，全城三面环山，一面临水，赤壁在其右角，当日苏氏写就赤壁前后二赋，也就是这个地方，际此秋高气爽，每当夕阳时分，看长江千里如线，红日沉沉下坠，而西天一色的殷红，暮鸦拍着黑翅归去时，也正是一幅奇景。

王禹偁记竹楼，说黄冈之地多竹，大者如椽，匠人刳去其节，可以代陶瓦，而现在是不然的，竹楼易朽，已空余了一块听人凭吊的遗迹，而新篁翠竹，也已所见不多，不过我们向往起来，果真能坐在万竹丛中，送夕阳，迎素月，也未始没有胜趣。

鄂东门户的黄冈

希　勃①

二月十一日早晨八时，我们五个人坐着湖北航业局的小轮，由汉口东行，目的地是黄冈，是为了参加第二区专员公署办理的乡村军事政治工作训练班的讨论而去的。一路经大冶县境及黄冈县属的团风镇，约走六个钟头，一百八十里的道程，就到所去的目的地了。黄冈为古黄州所在地，在长江北岸，与鄂城隔水相对，形势雄伟，城南还留有"东坡赤壁"的古庙一所，就是苏东坡错认为赤壁鏖战之处，而作下了有名的前后赤壁赋的地方。现在敌舰巡弋于邻省的繁昌、铜陵一带，黄冈显然成为鄂东江防重地了。

① 作者生平不详。本文原载《中国农村》1938年战时特刊第10期。

图 33　黄州城外苏轼庙

（原载《图画时报》1931 年第 731 期）

一、生机勃勃的训练所

该训练所的所在是县立的中心小学的原址，我们到时，程专员赴汉疗养，派汤科长招待，同座有余希纯县长、马哲民教授，均为本县众望所归，而力事开展该县的救亡工作者，再加上湖北省籍的黄松龄教授，大家都开诚布公，热心研究如何动员全县民众的计划，煞费心思，然而情绪热烈。平时除在班上课外，并开座谈会、分组讨论会之各种方式，以启发学员的集体研究的兴趣，增进训练工作的效率。

学员共有一百五十人，除女生八九人外，其余按照全县七十二联保，每联保招生二人，他们的成份，大约有三种：(一)中小学毕业后即来入所的，民族意识较强，但缺乏经验；(二)私立联保小学教员，他们经验丰富，但是学识稍差，完全小学的教员和一部分县立小学教员，亦占三分之一。籍属本县的，占百分之八十，都由汤科长本其数年来在此服务经验，挑选而来。

可说是黄冈知识分子的中坚，全县人民的智囊。平时与各区老百姓的关系比较好，又因为多是本地方人，可负责与地方人同甘苦，战时也不至远离本地。训练所毕业以后，他们的工作任务是：1. 按照各联保实际情形，负责动员全联保人民，准备自治自卫工作。2. 辅助并监督联保长，办理本联保一切事务。3. 在战争紧急时，兼任义勇壮丁队支队长。黄冈的民众动员，鄂东门户的保卫，这样任重事艰的责任，可说全落在这些青年有为的学员身上了。

二、保甲制度的形形色色

每保得设联保主任一人，书记长一人，黄冈全县共分六区，七十二联保，一千二百余保，保设保长，甲设甲长，由四户至九户成为一甲，由六十户将一百五十户成为一保，由十五保至二十五保联成一联保，设联保主任一人，书记长一人。联保主任保甲长的产生，很难说到民主，联保长多为土豪劣绅所包办，有的土豪劣绅，因为觉得自己的地位高，不愿去见什么县长区长，就派自己的子弟或党羽来做，闹得简直没有办法。省府有见于此，去冬曾训练一部分乡村工作人员，分发回来做联保长，但到投考者不踊跃，程度又不齐，现在下乡不到一月是正在与旧联保主任摩擦，有的已不成问题的完全把职务交出，约有十分之六光景，有的不交联保枪支，有的不交救国公债，积藏公粮和保甲积金。有四五人因依势反抗，已经押囚县府；而这些新联保主任的成绩怎样，现在还很难说。

保长甲长的产生方法，虽然都是由老百姓选出，但是某人土皇帝要让谁选谁做保长，谁又敢说个不字呢？在农民没有自发的组织，又是文盲世界的农村里，从上边命令下来的选举，它的包办与别的人事间的纠纷，是很难免的；尤其是财政不公开，贪污枉法之事，可以为所欲为，即使有少数个人想做点好事，也是被上边的联保主任，下边的甲长牵制着，无法进行。据说曾有这样的事情发生，某保长得人劝告，愿意将一切收支清单公布，但是联保主任先不答应，说是这样下去，对县长区长报告困难，对别的保长，也显出他们的恶来。后来一些甲长也反对，因为这样收款就要零碎点，住户有迹可查，那怎么得了呢？

还有公文的繁多，使一些保甲长无所适从，听说由各级政府与各级军事机关，每天送到县里的公文，平均有五十件到七十件之多，而这大量的公文里，与保长的业务有关系的，约为十分之九！这样使一些不好的保长，可以从中作恶，但是你要好好的干，简直就够麻烦，自己的事情不能做，而每月的薪水又仅仅一元，这如何可以生活呢？

有一些县份，保甲经费，还不是统筹统支，也有很多的毛病，四户和九户所成的甲既不一样，六十户与一百五十户所成的保就要快差三倍，而经费都是每保五元，这怎能说是平均！但是由十五保到二十五保所成的联保，每月每保要交去四元经费，剩下一元归保长，自然的使好人不愿做保长，土劣就尽量的钻进来了。

以前县长也曾准备训练保长，但是就拿黄冈说，保长有一千二百余人，虽然预定三次训练完毕，而第一次参加训练的，并不够三分之一，有一个村中，来了五人，后来得知每人用六十元钱买来的，其中除过三人是游手好闲者外，其余二人竟是抢劫的惯犯！

三、民众武装组织

这儿有所谓义勇壮丁队的组织，共分两部份，一是义勇壮丁队常备队，共有二百人，全体有枪，是预备交师管区调用的；一是义勇壮丁队社训总队，县长兼总队长，联保主任兼联队长，保长兼保队长，甲长兼班长。联保主任同时兼任本联队的第一分队长，书记长兼第二分队长，训练所训练出来的学员，在将来战事紧急，训练义勇壮丁队较多时，预备就分别兼任第三分队长，兼第四分队长。

全县的枪支，共有八百六十余支，除二百支归常备队外，其余散布在社训队里，社训队的队员，不管是有枪无枪，也不管是有钱无钱，都可以入队的，都得按照兵役法来抽调的。县长曾经做了这样一个合理的请求，请求上峰不要把二百的常备队调走，请求不要将常备队调走，若师管区要壮丁补充时，可以由社训队送补。理由是：1. 常备队的官长是本县人，可以共生死的来保卫地方。2. 省府曾有命令义勇壮丁队决不他调。3. 常备队比较训练整齐，很能保卫地方。

这八百六十多支枪，并不是私人所有的，是最近几年来向卫立煌、万耀煌、朱怀宾诸将军处借来，作为保卫地方的枪支，平时属于联保保管的。本来黄冈有六千个人保卫地方的武装民团，每人都握着较好的枪支，每年的保安经费，要由全县摊派十二万元（湖北省全省的此项经费为四百万元左右），后来因为内战不绝，一批一批的保安队，由县调往他处，编成正规军队，不能回来，直到这县的枪支与保安队，都没有了，而省府统筹统支的保安经费，仍是一个少不了的，因此现在义勇壮丁队的抽调既比较难，而调动联保的枪支也成问题，最无办法的，是十二万保安经费还得解省；义勇壮丁队常备队经费的筹措，更是困难万分！

现在常备的枪支是这样解决的：由县长将各联保主任士绅都请到，说明为保护地方安宁，为抵抗日本强盗，所以各联保固然得要枪，就是接济联络也得要枪，而这种责任应由县负的理由。才向各联保借到二百支枪，给常备队使用，其余的枪支，也预备从土劣手里，渐渐移到义勇壮丁队社训队手中，来充实保甲制度，巩固民众组织。

四、子曰铺的塾师

黄冈有中心小学一所，完全小学六所，县立初小数所，此外还有保学，□级民校等；小学教师的待遇，很是微薄，每月薪水，由十元零五分到，十四元止。然而这些新式或半新式的学校，数量上太小了，所以实际在黄冈执行教育民众的工作的，主要是那批满布全县的私塾的势力。黄冈是出老秀才的全省塾师的供给地，前清时候，黄冈人都到武汉来开“子曰铺”（他们自己的称呼），武汉的塾师大多数是黄冈人。据县政府调查，全县塾师已经登记改良的，有三千多人，尚未登记改良的，有四千人左右。全县有私塾可教的老学究，约有六七千人，但是失业的也有这些数目。这些在业失业的塾师老学究，现在成为动员乡村抗战的一个严重问题。因为他们多是老头子，头脑很顽固，在乡村中，平日写对联，看风水，医卜星相，有求必应。因为他们日常生活中，和农民关系非常密切，部分的解决了农民的困难（不管错误与否），所以很能影响农民大众。现在，当动员农民的时候，他们便成一个不小的阻力，譬如宣传队下乡宣传，讲演做戏，老百姓倒没有什么恶感，私塾先生们倒先起来反对，说这又是民国十六年的样子，不会有好结果；他们叫农民不要看戏，不要接受宣传。其中特别顽固的，还在做着宣统入关重登大位，自己可以凭秀才而举人进士而升官发财的梦。为着动员乡村，发动农民，这样多的数量深入农村的塾师老学究，如何争取他们参加救亡阵线，减少许多摩擦，便是十分必要的了。我们大家的意见是：用敬老的诚意，选请一些老而好的塾师到县中来，与他们商议救国图存的办法，灌输中华民族的意识，争取他们过来，使他们到乡下号召别的塾师，参加救亡运动，不能说没有一点益处，再乘机做塾师的改良与登记工作。

五、活佛与土劣

鄂东的活佛运动，非常严重，好些县区都有活佛的行辕。信教自由，我们并不反对，“我不入地狱，谁入地狱”的牺牲精神，和僧侣救国工作服务团的英勇，我们都很敬佩的，但是活佛阻碍了地方税收，违反了民族生存的原则，是应该彻底解决的。据说黄冈县的活佛，有下边三个功德：一、他们说："出钱可以免灾"，这个虽可使人民有盲目的信托，平安过日子，可是增加人民许多苛重的负担。县政府曾经查到一家隐了五元钱的粮税，他们哭哭啼啼说完不起，到活佛那里一查，他家倒出了十一元的捐款，无知乡民被骗去的钱，真是难以数计。二、他们又说："中华民国只有一年半的寿命"。三、"鄂东人民，应有三次灾难，现在是临到第一次了，非到相当的期间，民众才能武装自卫，现在有组织，是没有什么益处的。"这些话，不但含一种定命论的毒素在内，并且实际上是替日本强盗来宣传，麻醉同胞们好服服帖帖的去投降，这简直是开门揖盗。县长不是对以上所说的事不注意，去年某县曾将那位宝贝活佛，押在县牢里，但是很少的时间，就有多少太太小姐少爷之类的人物，一再写信到县中说情，他们的势力，超过了县长，使县长束手无策。不说服群众，不运用群众力量，越是好县长，仅靠着政治力量，还是不能克服活佛这种恶势力的。

活佛的势力，在该县的三四五区里，发展得很快，而土劣的势力，在第一区里，更要跋扈。要知道，黄冈县曾经出了不少师长以上的要人，他们本人虽多是好人，但是布满了该区的他的子侄，他的过去的属下，借着联保主任与保甲长的地位，不免无恶不作，譬如在团×镇一带，土劣的势力比较大些，×字号有关系的人，谁敢去动他一动。这些人，唱戏窝赌，都是这些人发财的机会，当场可以弄些钱到手，碰到对农民摊款，总要浮派在一倍以上，公文上规定因困难可以免征的，都变成实在出钱的住户。据调查，在某四保中，每保不过九甲，但是他们的地方负担，大前年是六千七百余元。今年过年时候，这儿的土劣，一共打死了四个农民，直到现在无人敢过问。这一区的区长和别一区的区长，对于六个散兵在乡间横行，竟没有办法；另外一区的区长，对于唱戏抽赌肆意放纵，每日抽头到百元左右；在这区的塘×村，应派款五元者，实派至二十元之多。

六、钱粮鬼子的魔术

黄冈县的人口，约九十八万，多每亩捐税一角八分，实收正费每亩二角二分，加上教育……等附加捐款，每亩要收七角以上，全县田亩共八十四万，全年收税约四十万。这个数字，谁都知道不对，不是实收数目，可是谁都对它暂时没有办法，因为征粮的法宝，操纵在钱粮鬼子的手中，自从明朝洪武年间土地整理以后，直到现在，还没有再做这种工作。湖北省政府曾在某县实行清丈，用款已数十万，费时半年，而所清理者不过全县的三分之一。民众运动没有发展，保甲制度未曾健全，清丈一事谈何容易，所以不但县府无法去查，就是一家的契约，(有的是曾祖父的各子，有的是重孙手买入的)，都认不清楚哪一张是哪一个的。有地无粮，有粮无地的奇怪现象，更是所在皆有，只能凭钱粮鬼子从中作乱，给他钱的就可以少上，不给他钱的就要多上，有的给了钱不给收条，重征第二次，假使你要他把钱粮册交出来，那是比上天还难，你就是把他杀了，他也是不交出来的。县政府没有办法，只能派两个帮助收账员，坐在他的边旁，使他不至于在眼前舞弊，所以收入比以前好些。反正“房里”的事，自然难免黑暗重重；军粮、公地、荒地垦后不报，换契经房不经县府，以及其他一切黑粮，不是一朝一夕可以办清的。

在湖北省只有石门一县，钱粮办理得清楚，听说在红军占领石门以后，土地已重新分配，以前的契约焚毁，界石尽弃，所以在红军走后，虽然是地归地主，但地主得详细报告县府，以便划界，不能少报多领，而且因为那时该县县长处事有方，结果以前每亩亩捐三角，每年仅得税数万元，整理后每亩只收亩捐五分，全年竟得正费三十万元之巨，上下相差，何至数倍；可见钱粮鬼子的舞弊，对于人民，对于国家，都是如何大的损失啊！

黄冈三日，所得拉杂记出，还望专员县长科长诸先生及训练所的学员们有所指正。

二月二十一日

鄂北的山城——郧阳

星　舫①

到郧阳时，已是六月上旬，经过五十几天的不停的旅行，我们的身体和精神，实在都已疲惫不堪，需要着充分的休息。大家的脑海中，都不禁在对着眼前就要到来的切身问题在打算，可是在这人地生疏的地方，又有什么好办法呢？我们终于又在船上住了一夜。

第二天一早，我和一位同事就上岸，沿着河岸上的一条街走进城中。

这里街道很窄，地上铺着石板，因为城建筑在半山上，所以不能通行车辆。进城后首先映入我们眼帘的是中国农民银行，使我们感到莫大的兴奋，原来在这山城中还有这样的金融机构，是我们意料所不及的。再前行

① 作者生平不详。本文原载《银行通讯》1947 年新第 18 期。

图 34　郧阳城

（原载《扬子江水利委员会季刊》1936 年第 1 卷第 2 期）

就是郧阳县银行和湖北省银行，这时因为天色很早，所以行门还紧紧的关闭着。

我们又走过几条街道，终于在青年路上，找到一家旅馆——青年馆，在楼上订下两个房间。这不消说是无法容纳我们这一行人的，我们只好先从船上搬下两家，再慢慢的想法子。

忙乱了一个上午，我们终于搬到旅馆中。

不久经理的船也到了，我们报告这里找房子的困难，他就带一位同事到专员公署交涉行屋问题去。

结果专员公署指定西大街武昌同乡会作为我们的临时行址，没有找到旅馆的同事，就只有暂时住在船上。

不久，大家都陆续找到住处，简单的办公室也布置好了，我们又开始日常的生活。

我们是撤退行处，自然没有什么业务可做，所以经过一个短时期后，大家都非常清闲。因之，这山城的每一个角落，差不多都有我们的足迹。

这里的人口本来不到五万人，但中原会战后，疏散到这里的军政机关和眷属一天一天的多起来，使市面也格外显得热闹起来。

但这里终究是一个荒僻的山城，在大街上你竟找不到一家像样的百货商店，只有一些摊贩，在路旁出售着布匹、鞋袜和一些简单的日用品。

在河岸开设着不少茶馆，长长的木椅上躺着各色各样的人，消磨着日子。我们有时也坐在茶馆中看江中的船只顺流而下，或是浏览对岸的山色。在夏天，江水暴涨，波涛汹涌，好像万马奔腾，清澈的江水也变成浊黄色。在这时上下行的船只都要暂时停航，一直到江流平静以后。

在我们旅馆不远，有一个运动场，是这城中较为平坦宽广的所在，也成为夏夜纳凉的胜地，尤其是当明月高悬的几天，这里总是挤满形形色色的人们。

由运动场向北，是一片起伏的山坡，湖北省立第八高中和郧阳初中的校舍就建筑在那里，可以说是这山城的文化中心。

汉江从这个城的东北角绕经城南又折向西北流去。北门高高的屹立在山坡上，在这儿可以俯瞰全城的景色。

这里还有一个八开的《新郧日报》，消息的来源是无

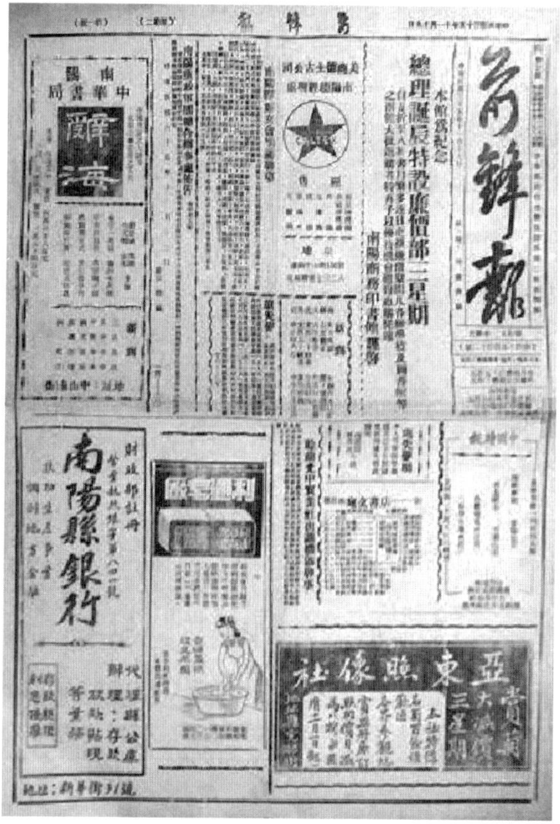

前鋒報

本館為紀念
總理誕辰特設廉價部二星期
南陽商務印書館

南陽縣銀行

亞東照像社

图 35 《前锋报》报影

线电播音，出报时间多在下午。河南南阳的《前锋报》在这里拥有不少的读者，也成为我们这一时期中惟一的精神食粮。

这里的人情还相当敦厚，不过因为平日和外来人很少接触，不免有歧视外乡人的观念；但对于军政机关疏散到这里的人却特别客气，也和别处没有两样。

在山城住久了，渐渐熟悉起来，不像初来时的陌生。我们的同事也都先后找到民房，从旅馆中搬出来，同时豫境的战事消息也非常沉寂，敌人且有已经打通平汉线的传说，看情形短时期内我们是非停留下去不可的了。从烈日炎炎的盛夏，一直到大雪飘飞的严冬，我们就一直住在这样的山城中，过着平静的日子。

一九四六，十二，十，夜，许昌

闲话天门

文振鑫①

天门是一座老气横秋中古式的城市。房屋是那么矮小，街道是那么窄狭，外加上一道盘蛇形状的城堡。然而随着交通的发达，这儿也逐渐进化了。除迂回曲折的汉水支流萦绕天门城外，还有几条公路干线——天岳、天汉、天皂等——贯穿各重要市镇。海外的洋货，随着舟车大批的运进来，境内的土产又由舟车带出去，所以比较时髦一点的用品，也可在商店里买得出来。这种现代化的趋向，并不是天门人有意识的倡导，乃是外来文化的锐不可挡，不是有形壁垒可能抵拒的。

天门自第六区石专员主政以来，在短短的三年中，可以看到天门城内的建设显著的进步来。从前的静街

---

① 文振鑫，湖北天门人，中共党员，其他不详。本文原载《鄂中民众》1936年第1卷第2期。

僻巷，大半都是变相的粪坑，每经过那些地方，会使你作呕；晚上路灯是没有的，在崎岖的街道上摸着黑路，常常有倾跌的危险。可是经过了行政人员的努力，都加以相当的整理和建设了。教育方面，质量上的改进，固不容易测验，而从数量上看来，近年增设了初级商职、中心小学及民众教育馆两所。不幸商职因受水灾影响停办了，而其他教育机关亦感经费困难，仅够维持。我们希望天门的教育当局，努力地把这些初生的枝芽好好地培养，使它繁荣起来，不要中途枯萎了！

天门学校的学生，他们“勤”“俭”的精神，是值得大家注意的——虽然也有最少数的染上了公子哥儿和挂名读书的坏习惯。他们每学期的用费，不出四十元，有的学校学生每月伙食常在三元以下。他们除晚饭后在郊外散步或在场上运动外，其余的时间都在读书、写字。不过我希望他们在“勤”“俭”上还能更进一步，对于学校功课，固然要“勤”读，就是课外的报章杂志，也要“勤”看，校外的社会现象，也要“勤”注意；说到“俭”的方面，要始终一贯，不能受着了物质欲的利诱，而染上了其他不良的恶习。

天门人民的休闲生活，也有相当的满足。在没有淹大水以前，城外有一处表演着古色古香的民乐戏院，这自然成了民众惟一的娱乐场所。城内有一座布置得近于简单的中山公园，在中山公园内，因为缺乏人工点缀的美，固不能吸引得游人如织，但为恢复疲劳而游园的劳苦大众并不少。在最近经军民的合作，园内修筑了一个不十分高大的总理纪念堂和规模不大的公共体育场，在北风怒吼寒气侵人的残冬里，也还可以看见许多运动员在场上跳跃着。

南堤街和垱子街，要算天门城区唯一的商业中心点。可是在今年我们走过这两条街市，眼瞧着“大减价”“买卖荒货”等等的标帜，耳听得提篮的小贩叫着“袜子角钱两双”“便宜卖”等等的口号。不论大小商店，他们的目的，无非是想吸收些顾客多做点生意，但结果适得其反。一家家都门可罗雀，店伙们也清闲得一个个无事可做。而且这两条大街，关了门而无人继承租赁营业的店面亦不少，虽然房东们自动地在那里减租，但是在这大水后的凄凉景象里，谁肯化了大洋来干这只有本蚀没有利营的买卖呢？

图 36　天门灾民登屋顶求救
（原载《申报月刊》1935 年第 4 卷第 9 期）

图 37　水灾中的天门
(原载《新中华》1935 年第 3 卷第 15 期)

乞丐，也一天多似一天了，就我两次到外边去，就瞧见“乳臭未乾”的儿童跟着要钱，一些本应该“安享余年”的老太婆，还成排跪着叫“老爷先生给铜板”，且有中年男子，用污泥涂满了两脸，在嘴里不住的歌唱中，开闭着一道唇缝，活像一副鬼脸，借此而求乞讨活。

总之，处在大灾之后的天门，下层社会的劳苦大众们，简直无以为生，即上层社会如教职员之流，每月亦仅有生活维持费。这景象该多么的凄凉！然后我又想到恐怕这种景象也不仅限于天门吧？惨哉！

二十五年四月于武昌高商

神农架森林勘测记

尤佳章①

本文为神农架林业公司计划书之参考资料，并予转载，俾资研究之助。

一、神农神话

神农架是鄂西的一座大山，它蕴藏着无价的宝贝，一向被数十万贫苦无知的农民守护着，从没有夸示给人

① 尤佳章，又名尤智表，江苏吴县人。早年毕业于交通大学电机科。毕业后入商务印书馆，任编译员。后自办无线电速成学校。后在哈佛大学留学。回国后担任杭州中央航空学校无线电教官，同时兼任浙江大学教授。1937 年春任南昌空军第三军区司令部第四科科长。1937 年改任中央机械学校教官。抗战胜利后任湖北省政府专门委员，兼任开发神农架森林筹备处主任。著有《直流电机》《电机设计》等，译有《西洋科学史》等。蔡元培《〈西洋科学史〉序》称“译者尤君，乃专攻工程而兼长文辞者。其译笔之信实，文采之华美，足与原著并传”。本文原载《木业界》1947 年新第 11 期。

间。直到抗战期间，才被据守的战士们发现了它的宝藏——公认为华中唯一的大森林。抗战结束的前两年，位于神农架北麓的房县县长贾文治，为要探明这个宝窟，率领了一批农林专家，带了兵伕数百名，走了七百二十里，翻山越岭，到达了横河。在神农架主峰木城的北面住了七天，为雨雾所阻，终为未登木城，粮尽而退。可是他们也登了神农架第二个高峰，地名韮菜垭，仅低木城数百尺，可以遥望木城，也可算做望梅止渴了。木城一名皇城，在山麓的乡民都会讲给许多有关皇城的神话。唐朝薛刚——薛仁贵的孙子——为了反抗武则天曾在神农架的大小九湖练兵，并在木城上面盖起宫殿，故名皇城。皇城的西南，有一较低的山峰名太子岩，据说是薛刚儿子的生处，太子岩南麓有块地名金甲坪，据说是薛刚遗留金甲之处。这些古迹，是真是假，无暇细考。神农架有一种神菜名黄金菜，可以充饥，凡登山绝粮的人，往往能发现此菜，但带有干粮的就无缘见到了。关于山中的动物，更是传说纷纭。有的说山中有吃人的大猩猩，凡是三县路过深山的人，两臂都套着毛竹筒，万一被猩猩捉住手臂，可以脱手逃脱，一旦被它捉住，它就向你一阵狞笑，把你吓死。又说山上有尺余长的兽迹，又有野马、野羊、虎、豹、豪猪、狗熊等野牲口。但是我们一路经过，虽带了猎户，但连一个野兔野羊都没有打到。神农架三字，在我们未来之前，总带着些“神秘”的意义。但走了一遍之后，除了认识它的富丽伟大之外，并没有“神秘”可怕之处。此山之所以名神农架，据说神农氏在此盖屋修丹，屋架初成，神农帝已白日升天，故名神农架。

二、陆地行舟

我们这次上山，事前的筹备，因鉴于贾县长之前辙，故特别周到，除测量应备的仪器之外，所有旅行用品，以及筑路造桥盖屋所需工具器材，都购置齐全，到后来果然样样用到，如事先稍一疏忽，虽因一物之缺，即可耽误工作，甚至蹉跎至明年。因为神农架林密山高，夏天上山，林内多毒蛇，冬天则大雪封山，勘测时期以十月为最宜。我们上山在十月下旬，今年天气特别好，放晴了有一个多月，可说是一年中最适于旅行的天气。苏东坡诗

"一年好景君须记,最是橙黄橘绿时",正是这个理想的时节。所以这个时期万不能错过,我们从汉口到巴东,是坐的轮船。从巴东上山,我们分两队前进,一队走山路,经西瀼口、秀峰乡,沿渡河、石板坪而至长峰乡;一队雇木船两艘泝西瀼河经西瀼口罗坪,沿渡河至石板坪登陆,再步行至长峰。西瀼河内航行的船只,共只十一条,两头尖,平底,用极厚的梨木等硬木做成,备在卵石上摩擦。从西瀼口到沿渡河共有五十个滩,每滩的落差平均一公尺七,高的有两三公尺,水流之急,有如瀑布。船上滩时,每船要两船的船夫合力的拉,还须有一班人在河里把船拖上去,船底不断地和卵石摩擦,简直是陆地行舟,过一个滩要费一二小时。那时水位很低,浅处不到一尺,幸亏船的吃水也不过一尺,所以还勉强抬得上去。好容易拉到石板坪才舍舟登陆。自石板坪到长峰,是沿着河边山坡走,遇到前面是削壁,就不得不渡河,走对面斜坡,但不到里许,又碰到悬岩,又不得不渡河,改在对面山坡上走,如此在河上往返涉水,要十余次,幸水枯,深不及腹,天亦晴暖,所以大家都是急闷中奋勇过渡,并无畏缩。水陆两队终于在长峰的乡公所里会合了。

三、淡食同胞

在巴东境内的神农架山脉是属长峰乡的，但乡保长没一个上过神农架，也没有一个看见过神农架或木城的面目，我们一到长峰，第一桩事就是要看神农木城的面目，所以第二天清早就跟着一个向导者，爬上一千尺的山腰跟着向导的指尖，在对面两山垭中，隐约看到白云中一点黑影，不到半分钟，已完全为白云掩蔽，好像有意躲藏似的，可是丑媳妇难免见公婆，暂且下山不提。且讲长峰乡三字，在未到之前，以为一定有条街道，或者至少有十几家庄家的聚落。那火孤单单的只有这乡公所一房屋，附近山上看远远点缀有几家茅舍，却没三五家聚在一起的，论空气之好，防火之善，确非都市所及。乡公所里开着一个中心小学，有一百多学生。学生皆席地而食，吃的是金黄色的包谷粉，一盏黑色的盐，一碗辣椒，一木盆白色的黄豆汤。每餐如此，天天如此，并无鱼肉，亦无蔬菜。我们初到长坪的几天，什么菜蔬都看不到，幸亏米盐都从巴东带去，另有罐头食品是从汉口带去。伙食不生问题，否则只淡吃苞谷红苕了。长峰乡的地区很大，纵横五六十里，处于下江的一县，可是人口少得可怜，男女老少共只一万人，耕地也不过一万亩，年均每人一亩，除了县乡保各级的派夫派款，及地主的地租，所得之少可想而知。一般农民约有十分之二长着大颈胞，大的七八寸直径，像一个大皮球挂在颈项下面，望之生畏，乡民都说是吃了神农架的泉水所致，无法医治。我们未去之前，早已想到山中泉水恐含有毒质，故带有消毒药及海带等。但据我常识判断，泉水是终年流动在阳光下，经过砂石的清滤，紫外线的消毒，水色清洁可爱，就是带些矿质，决无危险，我一路上走得口渴，往往就泉捧喝，并无影响，同人等亦无一生病。所以乡民之患大颈疯，并不是中的水毒，实因无钱食盐，终年淡食，缺乏碘质所致，但看乡保长家的老小，都有盐吃，便无此病，即此可以作为反证。长峰的乡民虽多不吃盐，但山中实有盐矿。距长峰十里处地名盐厂，河有盐厂，筑有盐井，井底有盐水汩汩，与井旁之淡水交流，盐水遂被冲淡。每担水仅可煮成盐数两，若能将淡水分开，则盐水甚浓。此盐井仅冬季水枯可供煮盐，然产量少而成本

图 38　巴东县境内的白塔
(原载《新世界》1937 年第 10 卷第 10 期)

高，故已停办。长峰的乡民虽穷苦不堪，但长峰的富源实在不少，“譬如穷乞人，衣里有宝珠”殊可为长峰民众写照。在长峰乡下面数里有煤矿，在五子坪有石棉矿。藏量及品质如何不详，须待矿师勘测，方见分晓。我们志在木材，无暇及此，此外还有桐油药材等土产，惟产量不多。药材中除草药外，以黄连党参岩耳为大宗。岩耳产于悬崖绝壁上，采者须腰索下悬，极为危险，业此者不过数人，系一种专门职业，岩耳为上好补品，胜于银耳，色黑，可与鸡鸭同煮，有海参之腻，冬菇之香，风味绝佳，惟食前须用淘米水洗，方可去尽泥砂。

四、药师向导

我们从长峰前进，仍沿西瀼河主流，经穿心店、孟家河、白莲岩而至金甲坪，约二十里，一日可到。白莲岩有大石数十，横车河中，水势湍急如瀑，大石间以圆木横贯，作为渡河桥梁，过河时须走此木桥三座，殊觉心悸。此处最宜作发电闸，至少可发电五百瓦。自白莲岩以上河床坡度益陡，大至百分之八。金甲坪在神农架的山脚，海拔三千尺，有水田数十亩。我们一到之后，首先查问上木城路径，哪里晓得问来问去，总得不到确实消息，因为附近农民没有一个上过神农架，他们只能告诉你神农架的故事。住了两天，好容易找到一个识路的人。他讲了很多陌生地名，说了几段里程，掐指一算，加起来，从这里到木城还有七八十里。我问他："照你说法，走了七八十里，可以见森林吗？"他说："看是看得到，摸还是摸不着。"我说："那末离森林还有多远？"他说："那我就不清楚了。"我才晓得这个向导是靠不住的，他没有真正进过森林，更说不上到过木城。后来又托保长，找来一个向导。他姓刘，是瓦盆湾森林地主，他告诉我们，那里的森林都是他的产业，这个林区之大，半天还走不完。这样一个大森林的地主，以法币来估值，总在百亿以上，可是他还是一个怀着宝珠的乞儿，我戏问他："我们来砍你的树，该给多少钱一株？"他客气的回答："那听主任随便给些好了。"可是这位地主虽有其地，实未尝明了他的四至界限，好在也没有人同他争执，他虽多年前去过瓦盆湾，但上木城的路还是不清楚，更不必再问他到巴东、横河、韮菜等处的里程了。我们正在发愁的时候，忽乡兵带到了一人说是个“药叫化子”。但见他头上包着白布帕子，身上绕着三五串草药，好似挂的大绶勋章，两腿裹着黑布绑腿，右手腕上密密的绕着一段药绳，左手挂一根竹杖，向我微微鞠躬，我知道这次成功，就在他身上，好似刘备得了诸葛一般，急忙请他屋内坐着细谈。果然一席话，献出了木城全图，我知他好饮，立刻命人打包谷酒请他，酒到三分，话便多了。他住在大石板，那里只他一家，尚无妻室，嗜酒若命，常独上神农架一带高山，探集药草，专替乡人治病。往年贾县长也曾请过他当向导，因此我们才知道贾县长没有上木城，他租着刘老的地，种上很多黄连。从此这位药师就当了我们的向导，直送上木城，并供给我们很多可贵的情报。

五、缩地有术

我们跟着向导从乍溪口一直上山，经黄家湾至大石板，宿营。有好事的特往访药师公馆，见有一妇同居，情好弥笃。大石板拔海四千五百尺，自此以上无人家，亦无道路，杂树与辽竹丛生。因即派伕持镰刀锯斧前往开路，直到大湾为止。我们等路开好了，再率领大队人马，直上大湾。我们这次一路上山，都指定了人，记录步数高度方向，绘制简图，等下山时，再命测量队一路测下来。后来比较步测和仪器测量的两种结果，居然相差很小。所以在上山的时候，早已知道沿路的确实里程，和药师向导所报的里数相比，竟缩短至一倍以上，再和一般乡民所说的相比，则缩至十倍左右。何以我们所测得的里程短，他们所报的里程大？因为乡民是用时间和气力来测的。例如上陡坡一公里，所费的时间和气力，实相当于平路的二三公里，甚至十公里。由此发现贾县长的神农架探察报告所列的路程，都是根据乡民报告，并不是实测的里程，因为他们没有带测量队，也没有试用步测法。他说从房县经大小九湖到神农架有七百余里，从房县直皆神农架有五百余里。其实这个数字，凭常识判断，已知其谬，因为湖北省的地图上无论如何容纳不下这么长的路线。贾县长上了农民的当，直到写报告上的时候，还没有发觉。但我发现此事以后，不由得又忧又喜。忧的是贾县长所说以横河为中心，纵横二百里的林区，恐怕会变成纵横五十里。二百里的平方面积为四万方里，而五十方里的平方则仅有二千五百方里。距离缩短四倍还好，可是面积已缩到十六分之一了，他估计神农架全部的成材冷杉有八千万株，是把标准林的密度，乘林区面积得到的，林木的密度，是由农林专家算出来的，当然靠得住，但面积是从乡民口头报告的里程数字算出来的，以我们经验来推断，可能发生很大的错误。但八千万的数字，就算缩到五百万，也还是个庞大的数字，以汉口市价每株十五万元计，总价为七千五百亿，难道还不值得投资开发吗？我喜的是从濂河边的乍溪口上山，到大湾，不到十公里，已近林边，这一段山既然如此之短，将来开发时增加运输上不少便利，我计划的吊索，无形中已较预计缩短很多，岂不可喜！

六、可喜可贺

其实可喜的事还多着呢！我们从西濂口沿着西濂河河流直到神农架山脚的乍溪口，坡度虽陡，而且在四十个晴天以后，在长峰乡还保持着最低流量每秒 3.415 立方公尺，在乍溪口以上仍保持着相当高的水位，并不如理想中的干涸。这条河流的价值，无论在发电方面，在运木方面，均有极大的经济价值。以发电论，至少可发二千匹马力或一千五百瓦的电力，——这该值多少法币。以运木论，相当于同等长的铁路公路，而不需燃料，——这又该值多少法币。因此这神农架的森林，在武汉的经济能力以内，尽够开发，而将来的利益，又为了时间的缩减和投资的减低而增加。这不单是我个人可喜，就是对巴东数十万的淡食同胞，以及湖北全省人民，乃至全国需要木材的建设机关，都是可喜可贺。我们几个工程师一路在计划着哪里造闸，哪里发电，哪里装吊索，哪里设厂，总觉得没有在武汉时候想像的那么困难，越前进，越觉得容易，越觉得有把握。后来我们上了瓦盆湾、木城、巴东垭等处，看到漫山黄竹以后，又是喜出望外。这样庞大产量的黄竹可以无代价的供给造纸厂的原料。（其实代价是有，不过是负数，因为站在森林的立场，情愿化钱请人除去，以免妨害树木的生长。）这个不须购买原料，不须购买电力，不须购买漂白粉和氢氧钠的纸厂，将是如何的有利，不待计算成本而知。这不是又是一桩可喜可贺的事！还有在伐木时砍下来的树枝，锯木厂内的木屑和林内的杂树，都是木材蒸馏的原料，也是不需代价的。蒸馏的产物，一种是固体的木炭——在武汉售价很贵的燃料，两种是液体化学原料——木酒精和醋酸。如用锯成的木料蒸溜，则木质既变优良，且得化学产品，仍是一举两得。而蒸溜的燃料也是无代价的。这不又是一桩可喜可贺的事！我们心中藏着许多喜事，所以任他壁峭崖峻，任他石滑泥泞，任他雪飘雨淋，任他腿酸脚冷，任他气喘汗浸，都没有一点畏缩。全队的人没有不奋勇争先，好像发现了新大陆似的，个个充满着希望和兴奋。

七、以木代衣

到了大湾（海拔六千尺）的那天，忽然下起细雨。这是出发以来第一次下雨。我带了测量队队长朱有庸，农林技术员沙荫昌，冒雨前往瓦盆湾，勘查森林，贴身爬过石壁，又侧身穿过黄竹林，路上忽看到很多两人合抱的大冷杉，高不见顶，枝如两臂平伸，又有很大的桦皮树，剥其皮可作信纸，初见时疑是美国玻璃旗袍料，色嫣红而半透明，上面画着白色的虚线，非常美观。将抵瓦盆湾，雨已成雪。又恐森林为大雾所掩，不敢停歇，汗与雪打成一片，鞋袜皆已湿透，鞋底线挣断，足趾几裸露。及抵瓦盆湾，从雨色濛濛中，左右眺望，始见青翠片片，皆冷杉林，犹未许倚偎也。将暮，恐失路，急返营，则见同人皆裁桦皮作笺，纷函友好矣。第一日雨势甚密，营帐多处皆漏，民夫居席蓬下，雨滴如注。他们都着单衣过冬，且多褴褛不堪蔽体。幸宿营地在林内，桦木丛密，他们就近砍伐了几十根，分置几处，燃烧，烤火木大火烈，即此以代棉衣。入晚则轮流睡觉，此种生活，在此间为常事，外人不易置信。这时乐观的我不觉忧形于色，因为久晴之后，必有久雨。我们一路为了乡保长派夫延迟，耽搁了好几天，否则早从木城下山，万一如贾县长雨困横河，岂不闷人！至于饮食接济，倒不必愁。巴东、长峰、金甲坪等处，都派有事务员，一路运粮送信，从未间断，我都很感谢他们的合作。

八、扫云相待

在大湾的第三天,雨止,大雾笼罩,咫尺不辨,我就派人带伕匠上山,指示何处搭栈道,何处砍竹辟路,并在瓦篷湾草坡上搭盖临时房屋,以备遇雨久住。傍晚回报,所派工作,分头完成,且报称瓦篷湾红日着空,个个跑得汗流浃背。于是众皆大喜过望,渐见红日透雾而出。此时篷帐内结的霜也融了,地下积着一尺厚的潮湿的树叶也渐干了,大家又都兴奋地准备着上山的工作。夜间月明如昼,火光熊熊,一片荒林野山的景色,正够人留恋。翌晨拔营向瓦盆湾进发,于路见前三日所过峭壁上已凿石架木,造了栈道,人夫负重的皆可安然通过,又见里许竹林亦砍成走道,不必再同黄竹衡突。忽回头一望,景物全非,原来第一日来时,亦曾向后观望,可是雨大雾重,森林皆隐,今日晴朗隐者皆现。原来扎营地带两旁山上,都是森林。左一带山,连绵五六个山峰,林深树密,地名黄柏扒。右一带山,也是连绵五六个山峰,一样地杉桦茂密,地名乱石窑。方知当初看林,舍近求远。

十一时抵瓦盆湾，已见两个竹屋，搭盖齐整，足征昨日所派员工，做事迅速确实，心中暗喜，希望将来开发工程，都能如此做去。在瓦盆湾煮水，吃巴东带来麻饼面条充饥，吃完又跑。下午一时到神农架，是神农架正脉的一个垭子，所经都是森林竹林，阳光和暖，但闻小鸟啁啾，绝无狼嗥虎啸。其实这里已在八九千尺高度，狼虎无食，焉能安居？从垭上眺望，除西南巫山一带均被云海掩盖外，其他诸山均露全貌，仰观天空，蔚蓝如洗，俯视瓦盆湾如处盆底，时营帐已搭就，人行如蚁，被盖晒曝，仿佛飞机场上的地面信号。向北一望，亦有一垭，名韭菜垭，与此垭相对，高度亦相当，山巅青翠，亦属冷杉林，据经验判断，其北麓必为茂密大林，山前黄色如草地者，实为纯黄竹林，数量惊人。其下为横河，林尤密，即贾县长造屋避雨处。此即为巴东、兴山两县河流之分水岭，南面的水，流往西瀼河，东北面的水则流往石槽，河经香溪入长江。故此垭北临石槽源头，沿石槽河而东，其两岸皆为连绵不断的森林，因所带望远镜倍数太小，犹未能辨其树种。上次我现飞机场上所见的森林，实在神农架东部，谅即此也。接药师向导相告，今日如此晴朗，实为神农架所罕见，一年难得几日，余皆为雨雪云雾所罩，言是屡屡叹息，谓得天助。我等方悟前日之雪，正所以扫除天空浮云，俾我等上木城时，可以扩大视界，一览无遗。神农厚意相待，安得不谢！

九、登坛点将

在神农架观览片时，复随药师沿神农架山阴向东前进，坡度比较平坦，从冷杉林穿过，一路积雪没胫，大家踏着前人的足迹，一步一步走着。有时逢到黄竹被雪压成环洞，只得低头匍匐而过。右首上坡直到山顶，都是大冷杉，左首下坡则有野枇杷林，叶皆畏冷收缩。走出林子，只见平坡一片，纵横里许。坡度甚小，地名葱坪，由向南上坡行里许，见药师坐石上相待，以为木城距此尚远，恐须再爬千余尺的陡坡，正欲发问，药师起立，指一大石曰："此即为木城点将坛，乃薛刚点将处，过此更无再高峰了。"众皆欢喜，都上了将坛，指点山景，果然四围高峰都沉足底，木城即葱坪之顶，形如马鞍，极宽广，坡度亦极小，木城两旁皆冷杉林，以将坛为中心，作数十尺之弧，沿弧列大石十余，皆平顶可站人。传说或非无据。自葱坪以至木城，除长着球状野草外，也生着很多黄竹。从木城向东南望见山岭上一片灰黑，乃森林余烬，谅破坏未久。盖此间农民对于森林并无好感，以为饥不能食，寒不能衣，藏匿野兽，扰害农民，故常有故意焚林者，山低的焚林之后可种包谷；山高的，可种药材。在他们认为是废物利用，在我们认为是焚琴煮鹤，所以神农架的森林都是片段的，而且多在山阴，山阳多被破坏，甚为可惜。因思若再不开发，将来必至牛山濯濯，无木可用。木城东南麓为五子坪，有溪通西瀼河，会合于东竽口，在长峰下二里。从五子坪向东至送子园，为进兴山要道。记得在汉时，有熟悉神农架情形的某君相告，此山以房县去为近便，若从巴东则悬崖绝壁，飞鸟不通，不意我等竟从巴东跑上山顶。正欲下山，忽见到一鸟翱翔木城顶上，众皆仰视，同人中提起前语，皆大笑，盖此鸟不啻有意讽刺某君也。饱览既毕，日色已斜，急循原路返神农垭，见事务员已派人带马灯、水壶、麻饼相候，时已下午五时。自神农垭下山至瓦盆湾不过三刻钟。是晚宿营于此。

十、急流勇退

翌晨率队自瓦盆湾上巴东垭，从草原竹林中走，并无路径，临时派夫开路，崎岖难行一路远望乱石窖、板壁岩等处森林，多系冷杉与桦木混合林，茂密异常。下午一时始近巴东垭，与神农垭高度相同，均为五千尺，位于神农垭之西。贾县长报告，谓在木城之东，实误。垭上有一块大石，远望如大炮，近看则高数十尺，阔八七尺，极雄伟。垭顶及北麓皆为云杉林，大者两三人不能合抱。云杉的叶子特齐整美观，较冷杉易长，质较冷杉为松，比重亦较小。我们砍了六十年的云杉一枝作标本，直径较一百十五年的冷杉为大。巴东垭的北麓通连横河，过横河上山，即近韭菜垭。横河的林区最大，林相亦最郁闭。巴房两县即以巴东垭分水为界。兴房两县山地均有匪徒盘踞，未敢越界勘查，放开发计划从巴境进行。关于巴境内各区森林的数量，另由农林技术员会同测量队查勘，据估计约三百万株，以每年采伐十万株，需卅年方能采尽。此等树木平均都有一尺许直径，高度平均五十尺，都是栋梁之材，若截作枕木，犹为可惜，但现在全国各铁路自抗战后，枕木均未添换，大多年龄已过，不堪再用，加以内战破坏，非全部换新不可，故为应急之计，大材小用亦未始不可，且各路铁桥大半破坏，修造便桥，非用大木不可，神农架木材正可供此用途，对于交通复员，有极大帮助。我们从巴东至此，对于巴东这区森林状况，及自林区至长江的水陆路线已经勘得很详细，只要下山时候做测绘的工作，从前预计要造铁路或公路，现在觉得并不需要。坡度大的地方可装吊索，坡度小的地方可用水运。这条运木路线，并不很长，据我们测量，不过六十公里。远较预料为短，惟河流的坡度极大，下流自千分之三起，逐渐增加，至上流高至百分之八。故除必要处造大闸外，其余可利用滩形，修筑低坝。因为我们并不需要航运，只要木材能够顺流而下，故问题较为简单。如资本有着，今冬水枯，农民多闲，赶修河道，再装吊索，则明春五月桃花水发，即可运木来汉。我们从巴东垭返营后，即从事测量。测量队刚到长峰乡的时候，就接到兴境匪警的情报，到达沿渡河时，长峰边境的情势甚危，幸沿渡河以下可以坐船。我们同平汉、粤汉两局的工程师先行赴汉。我们早晨从沿渡河坐船，那天细雨濛濛，气候寒冷，前几天曾下了三天雨，河水汹涌。每船船夫六人，如两船同放，则有十二个船夫，过急滩时，十二个人合作吊一船，一船过去，再吊第二船，如此方保无虞，我们因须派一船交测量队用，故只得坐一船下水。船夫坚执不肯放，结果添雇了两名船夫，方始开船。沿下滩时，速度甚大，后面须有四人将索用力拉住，船旁又有两人站水中掮船，船头船尾，各有一人把舵，方能在乱石中放下，不致有撞破之虞。最危险的是急滩下面偏碰到一个石壁，船到此必须作九十度的急转弯，否则便会碰壁粉碎。所以下水的危险，远较上水为大。好在我们都会游泳，放胆过滩，在西瀼河下游有两个峡，一名上峡，一名下峡，和夔门相似，两旁都是千尺削壁，河身极窄，宽不过三十公尺，论险峻，犹胜夔门。风景之佳，可谓观止。从沿渡河到西瀼口长三十公里，恰恰走了一天，我们遂从此急流中向神农氏奋勇告退，一俟计划拟就，资金筹足，再来相扰。

第三辑　鄂地访查

鄂南农村

佚　名①

一个社会的结构，愈是到了变动的时候，愈是给一般冒险家一个容易发财的机会，而同时，也是一般平民大众到了无法生活的时候。湖北东部的一个县份，距离省会（武昌）直距虽还不到一百公里，而其社会所表现出来的现象，更把这个对照显得益为分明。

"现洋"与"放谷账"

这个曾经沦陷七年的小县份，在敌伪时期，农民的生活本已陷于水深火热之中，及至胜利以后，人们虽曾有过一段美丽的远景，然而，这远景却不久便被无情的

① 本文原载《新路》1948年第1卷第1期。

事实所幻灭了。首先,二百比一的伪币,在胜利以后,人民的原有货币,却已无形中成了废纸。在"接收"尚未到来以前,市场的流通,几乎成了"真空"。人民在"生存"第一的逼迫之下,便不得不以忍痛的心情拿出了不知积存过若干年的"银洋"。一直到现在为止,法币的数目,虽然在市场上比以前有了无比的增加,然而,银洋的流通,却依然占着优势。在开始的时候,银洋的流通,是按照法币的标准,譬如说,当银洋每块是法币四百的时候,买一万元的货物,则折合二十五元银洋。而于今,法币的流通,则是反过来以银洋为标准。县城的房租是以银洋为标准,土地的"现"租,也是以银洋为标准,一般商场上的交易,人们在心目中也早已有了这个标准,物价变动的是法币的比例,而不是他们的"银"本位。目前,甚至于行"贿",也不能不用银本位。前些时,我们一个远房的同族,为了一场"官司"托县城的一位年青绅士去说人情,刚只这位绅士的"运动费",就已化去了两只金戒指与一百现洋,自然,在司法官面前的买活费用,当还远不止这个数目。在这里,我要向读者说明的就是:这些银洋的使用,并不是出于一般人民的富有,或者从此就认为今天的农村并不穷困。相反的，这只表现了这个社会的危机的充分暴露。谁都知道，银洋是中国老百姓几千年来血汗的结晶，中国人富于贮蓄的个性，是早已闻名于世的。而我们这个县城，由于地理环境的优越，一向是比较富裕的。境内湖沼交错，大部份的土地靠近长江，农产品几乎应有尽有，主要的是：米、棉花、芝麻、苎麻、麦、豆等。而根据近年来的调查，境内的“煤”，亦略有分布。故历年以来，人民的生活，只要天灾人祸不太频仍，总还是过得去的。有时人民自然也还有点积蓄，可是，由于土地面积的有限，于是这积蓄便大都集中于“银洋”上了！于今，这积蓄自然是全部被“城”里的人(当然是少数呵!)刮了去。可是，人民在多不胜举的“捐”“税”之下，穷困的结果，便不得不向高利贷者伸出了求援的手，在法币信用日益跌落的过程中，高利贷者为保护其币值起见，多以银洋为借还的标准，现在，借用一百银洋，一个月后最高有还到一百卅元的事情，这是多么骇人所闻的事件。痛心的是：借款的主要原因，大部分除了是为了春耕、播种等事件而外，有时竟用之于诉讼、打官司等上面去。自然，农民们为了偿付不起其欠债，有时自然也以土地作抵押的。不过，目前更为流行的一种借贷方式，便是“卖青苗”。即在青黄不接之际，农民们将自己的农作物，预为卖出。其卖价仅及付款时的二分之一左右，现在虽正是清明季节，但农作物的收获，尚没有预期的把握。故目前此种青苗线的市场，还没有完全出现。据估计，目前谷子每石的价格是一百万元左右，而议拟中的谷账，大约不出每石六十万元，等到新谷登场时，自然更不止这个价格。所以，为时不及两月，而获利却在两倍以上。这在我们乡下，就叫做“放谷账”。与这个情形相类似的尚有“芝麻账”“棉花账”等不一而足。这虽是一种高利贷的剥削，然而，事实上，能够到得手的人家，并不算多数。所以，农民的穷困，实在可以说是到了空前的程度。即使是丰年吧，除去了这些欠债以外，实在不能再有什么存贮。有的甚至于全年的收成，都已被人“预约”一空。就在“赤贫”之下，人民的负担，不仅并未减轻，而名目繁多的捐税，比起“战”时或“战”前，都有了无比的增加。征实之外，有时还得征购征借，老实说，没有特殊势力的小地主，也并不怎么好过。政府每一个美好的法令，都成了剥削人民的工具。譬如说，除了数不清的正税之外，还有地方的教育费，就是用以兴办县立中学与各保保国民学校的；这项费用，一般农民既负担不起，而其子弟们，实在说来，也没有上学的兴趣。

总之，虽然在这并未波及内战烽火的县份，人民生活穷困的程度，实在是已到了空前的境地。

窒息了的正当商业

再看县城的一般商人，并都远不如前。资本小一点的，主要的是靠“折息”过日子。在上面所曾经提到过的“银”本位之下，这种折息的债务，实在是非一般货品的涨价所能赶得上的，所以，倒闭的情形，是时常发生的。至于，资本大一点的商人，如果没有特殊势力做后台的话，也难免不走上日趋没落之途。除了数不清的从保甲那里摊派出来的捐税之外，主要的还有货物税、印花税、进口税等，不一而足。而最麻烦的是最后一种捐税，没有定额，当货物从汉口运到岸上时，凭税局老爷们的灵感，随便规定一个纳税的标准，说多少就是多少。自然，有势力与有来头的不在这个范围以内。而最近，除了这些捐税之外，还加上了一些新的无妄之灾。那便是新近成立的“合作社”与“县银行”。合作社是由省政府发下来的一笔资本与从各商家摊派而来的款项开设的，这个社的社务，表面上是有理监事的选举，而实际上则是由少数人所包办操纵。凡是这个社所经营的业务，如盐、煤油等，其他的商人是不准经营的。至于他们所根据的法令，那只有天晓得。自然，他们是用不着纳任何捐税的。另外一个“县银行”，说起来应该是用以活动地方金融的，而其实却成了少数人的特权。首先，资本的收集，大部份是从各商家那儿摊派来的。“不出不行，这是政府规定的组织。”老实一点的商人，在这种胁迫之下，也就只好乖乖的拿出了自己的资本。可怜，在物价如此高涨之下，拿出法的数额，经过了一年或半载以后，所净得的利息，往往即成了一种讽刺与近乎开玩笑的意味了！而相反的，这批少数把握县银行的人物，却可大为利用这批资本来坐以发财了！据说，这位本来担当穷困而又什么都不懂的“行长”，在一年之内，居然发了近百亿的财了！这个数目，在这个小小的县城里，实在是相当可观。难怪这位行长今年过阴历年时，请起春客来，一下就是五六十桌了！（酒席是从馆子包的，每桌约九十万元），“朱门酒肉臭，路有冻死骨”，这是何等讽刺的对照！

乱世出英雄

要是说抗战“胜利”以后，我们这个县城完全没有变动，那也并不尽然。譬如说，原来一般老读书人当绅士的，于今由于“附逆嫌疑”的关系，却换上一批年青的“少年班”。这批朋友，包括抗战后解甲归来的在乡军人与一般“地下工作者”，政府为了崇德报功，便不得不设法来安插他们。据说这些勇士们一回来以后，便集合了十来位志同道合的朋友，开了一次谈话会，自然，这就分妥了各人的势力范围而向县政府提出了“合理”的要求。即使有一两位偶而失意，但有了做官的朋友，不也就自然的成功为有力的绅士了吗？自然，由有这些先生们在敌伪时代曾经努力“抗战”的结果，也就没有一位不被耽误而能读完高中的。甚至于有一两位连小学都没有读过，然而，那又有什么关系呢？至于那些大学毕业回来的人物，由于他们“不懂世故”，找不到事情，还不是活该的吗？记得我们这次“复员”回来的五个大学毕业生（三个西南联大的，一个东北大学的，一个中央大学的），原本颇有在故乡大展一下宏图的雄心，可是，结果看看局面，竟无插足之地，当然，有很多位置，尽管可以“发财”，而这些人毕竟还有点“清高”之感，是颇不屑与闻的。事实上在那样一个环境下，要想跟他们不合作而能做好一点事，那也是决不可能的。联大毕业的一位某君，曾主持过县立初级中学一个时期，后来由于地方势力“保送”学生的不遂，而终于使这位先生不得不挂冠而去。现在，这个县中的负责人，还是前任校长。而某君却只能流落在汉口，徘徊于武昌而竟告失业。其他的几位同学，自然都有多少相同的命运。有两位据说拥挤在京沪一带，有一位甚至连信息也没有了！难怪我们的家长与亲戚们说：“早知道你们如此无用，真不该送你们读大学呵！”苦笑之余，我们这批“无用”的人，还有何话可说呢？信哉！乱世出英雄！

鄂北之行

君　斗①

去年十二月中旬，我们从汉口抵达花园，我们是要从此地坐汽车到鄂西北去的，因为汽车尽被军队包用，不能即日西行，只得暂行住下等候。幸运得很，由于甲长的帮忙，我们被一家农户允许了，住在他家里。这样我们省了好些钱，——住客栈一天得花七角，这里只要三角几分就行了。——夜里闲着没事，跟农民们谈起乡村的情形，知道他们的壮丁训练，依然是没有政治训练，依然是强迫式的，而且还被剥削。两套粗布军装，竟收价洋十元！救债的摊派，也是弊端百出，五亩以下的，每亩出一角，六亩至九亩的，每亩两角，十亩至十九亩的，每亩出一元。再上的我不说了，因为他们大都是保甲

① 作者生平不详。本文选自《战时青年》1938 年第 3 期。

长，不收入一笔已是笨货了，决不会多出的。结果无钱的出了钱，有钱的却跟有钱的人“平等”，这种情形，想来各地都差不多。

到枣阳时，听说有土匪二千余人，在边界地方骚扰。因为汽车只停半个钟头，又要进中餐，所以没打听的很清楚。

樊城的民众相当的惊惶，细细打听，才知道昨天敌机来下了一次蛋。

从这里到老河口的车上，挤满了学生，我向同车的请教了一下，知道他们有的是襄中的，有的襄师的，都是房、均、光、谷各县的优秀份子。我满以为他们放假回乡，哪知道他们完全是是因为前天的几个炸弹给吓跑的，他们连期考还没有举行呢。听说学校当局也曾布告“擅自离校者，概予以留级处份”，可是他们都顾不到这些了。好伟大的牺牲精神啊！我忍不着要叫如此民众，如此教育了。

在老河口更吓坏人了，离城十里，便是土匪世界，而且城里甚至白日也发生绑案。

这里大商号，银号，银行都有，水有襄河，陆有公路。

图 39　枣阳汽车站
（原载《湖北建设月刊》1931 年第 3 卷第 4 期）

图 40 老河口中国农民银行

（原载《中国农民银行月刊》1937 年第 2 卷第 2 期）

鄋阳中学，办的虽不很好，规模却还不小；书局也有几个，如商务，世界等，可是新一点的书籍，抗战以来的各种杂志，半本也找不着。我希望武汉的文化人，分几个到这边来，或者来设个刊物书籍分销处，救救这边的青年。

均县的匪氛更厉害，匪众数千人，正逼近县城，均河道上更不像话，连伤兵都被劫。因此我到老河口后，不敢再前进了。住了几天，正逢均县县长由此地返任，请了些“勇”（新近收编的土匪）护送，才得随同西上。沿途听到很多消息：什么某些地方遍地红（遍地是罪之谓）呀，某区区长大宴土匪，结果反被土匪杀掉呀，不一而足。枪声也听见过好几次。

“先生，快到了。”船夫的声音，从舱外传进来，我们开始整理行装。不一会儿功夫，转过了一个湾，地面开畅了，一座冷落的古城，摆在我们的前面。“到了！”每个人都倦意地叹了这么一口气。

南关镇是一县的精华所在地，我们就下榻于此。街上在几天前，曾因匪警搬过一次，现在都恢复了，只是重要东西，仍屯在城里，街上不到天黑，便尽都关门大吉，加上严冬的冷意，真显得十分静寂。然而，它已是本县唯一的一片干净土了。

这儿的文化水准很低，中小学生固然不少，但文盲遍地，冬烘也多，民众简直有点憎恨文化。有一次我们在民教馆讲演，先唱歌，来的民众不少，我们便停止歌咏，演起讲来，想不到啊，群众们一个个都毫不迟疑地往外跑，不到五分钟，都快跑光了，只剩下十几个小孩子。他们这突然的袭击，使我不敢讲下去了，只好言归正传，仍旧唱歌。真气坏人啦，那些开小差的群众，像饿狗嗅着香味似的，渐渐的又都集来，但我已没有勇气再去领略刚才的教训了。事后调查，知道小半是因为言语关系，大半却是因为他们根本就讨厌甚至仇视这么一套，“又来啦，什么有力出力，帮助我们……识字，扯你的罢！”他们这不显然是仇视文化么？怪不得的，在这里，“文化”本来就欺负过他们。

这里的救亡工作，只看见文字方面的。除了满街的标语，几张潦草而又不通俗的战事新闻，和一些组织的招牌而外，再也找不着什么。民众后援会，是由各机关派几个人出来凑成的，半个民众都没有。所以也就没有什么工作。近来比较有点了，这不谦虚一点说，是我们的来临所致。

封建残余在此地有点儿猖獗，他们有好些甚至握有武力(有几个绅士竟有三四十枝快枪)，而且常常独自收编土匪，作自己的御林军。他们跟整个保甲体系，联成一气。因此，民众的痛苦便来得十分深刻。经过这次救债摊派和征兵，民众越发活不下去了，种三四亩地的，也被认为有钱，而被派购四五元救债。兵役的征发呢，他们好像很有计划地分为三次：第一次征大中农，第二次征独生子，第三次才征贫农和小农。前两次是征兵其名，捞钱其实，第三次才真干。结果征的都是贫农和小农。因为逃避太普遍，征时便采取了捉的方式，除了这三部曲而外，还要收捉人费(即脚步钱，差役硬用的)。就在这种条件之下，农民们开始被迫而起来反抗了。最初是各别的逃到匪帮中去，次则结队上山，再则大规模地叛变起来，公开的喊出反抗征兵的口号，一呼百应，现已到达数千人之多了。他们到一处，就派伙食，抢枪支，武装自己。因为这样，所以问题更为辣手。昨天接到郧县朋友的来信，知道那儿也有同样的情形，可见它是普遍的现象,这使得我们不能不响应"改善人民生活"和"彻底革除贪官污吏"的呼号,并且认为必须无情地肃清封建残余才有办法。

同胞们,请不要忽视吧,这种现象的扩大,很会被汉奸们利用的,那是会使抗战走向失败,民族坠入灭亡的啊!

二十七年一月十六,于鄂北

鄂东水灾视察记

魏绍征①

火伞高涨，汉阳门的寒暑表在九十三度以上，我们出发到人们所不注意的一角——鄂东各县去视察水灾，由杨委员锦昱率领着吴尽心同志，省学联会代表朱全纪君和记者一行四人，在八月四日上午八时踏上停泊在汉阳门的益和轮，这是承行营为我们视察所派定的专船。登船后，船上因煤炭不足，于是溯江上驶，开到鲇鱼套装煤，在这里，我们看到不少房屋茅蓬淹在水的中央，门户是洞开的，器具是很少见到，屋内的主人，更不知流离在何处了。在那里停泊了两个多钟头，船装完了煤，在快到十一时的光景，引擎开动了，船载着我们离开了武昌。

① 魏绍征，湖北黄冈人，1917 年生，早年毕业于中央训练团党政班。1945 年后任中央宣传部武汉特派员办事处专员。1949 年在成都任《中央日报》社社长，后去台湾。本文原载《每周评论》1935 年第 178 期。

电线杆却做了航行的指南针

船顺流东下，一过沈家矶，江面的辽阔，真会使我们怀疑到这是海边，以前我记得在这附近有一个很长很大的沙洲躺在江的中心，现在是连影儿都瞧不见，同船上的“临江”谈话，问起这时候航行的水路，大概很不容易弄清楚；他告诉我们，这样大水的时候，行船是很困难的，不过一处地方有一处地方的目标，我们凭经验来认识这种目标，指引船或左或右，在这里我们的目标就是这。我们顺着他手指的看去，原来是一根根排列得很整齐还没有被水完全淹没的电线杆，这些电线杆我记得都是沿着河岸排列着的，船上的“临江”，大概是早已熟悉这些电线杆离河道是多少远，以电线杆做目标来推测河槽的所在，这样；船就可以顺利的向前进行了，真想不到，电线杆却做了航行的指南针。

到阳逻发现了新闻的澎涨性

中午时候，船到了阳逻，这是黄冈县属第六区，是被灾区域之一，杨委员命船靠了趸船，带领着我们登上了岸。阳逻的河岸，水将将退完，现在还有些地方仍是搭着跳板。正街只是完全退出了，浸水的深度，大概有五六尺，各商店照常的在做着生意，有些铺子有着木匠和泥水匠在粉刷墙壁，修整门窗，可见相当的损失是有的，幸而不十分的严重。顺着正街向上走，走到一座土山旁，沿着山边再向前走，我们的目的是要到救生公所——培心堂去。因为在前几天武汉报载：阳逻捞有浮尸九千多具，当时我很怀疑这个数目，因为今年遭水灾最惨的，是襄樊、宜城、天门一带，这一带的人民虽则惨遭灭顶的为数不少，但当地政府及沿襄河各地当然是捞起不少，焉有流到了相距四五百里地远的阳逻，还会捞起九千多具呢？所以，特地到专司捞尸职务的培心堂实际考查，到了那里，根据该堂登记簿所得，计自七月二日起至七月三十一日止，共捞起人尸一百十七具，那末，武汉各报的消息，是从那里来的呢？在这里，我发现了新闻的澎涨性。

到黄冈进巴河抵达了孙家嘴

船离阳逻后，下午四五点钟的光景，到达了黄冈县城，我们起岸到了县党部，不久县政府的几位科长也来了，谈到黄冈各县被灾情形，和灾区占全县十分之二，以二区为重，杨委员遂决定亲自到二区勘察，这天晚上，就宿在船上。五日清晨六时，稍进早点后，由县府派二区公所职员陪同前往，先由轮船航行到巴河，再改坐小划船摇入小河。轮船则开回到黄州关去等着，小划船进河后，环顾一片汪洋，昔日的田畴，完全没在水中，被淹没的原因，是一条名大成的堤溃决了，江水就冲进了田野和村庄。淹没的区域，从黄州到巴河是四十里，巴河到袁家大桥是三十里，袁家大桥到黄州关是四十里，周围有百里方圆的光景，被灾人口有三万多人，农产物损失，约禾稻十万担左右。划船走了两个半钟头，才到了离巴河十五里的孙家嘴，这是二区的一个集镇，也曾一度进水，深度大约两尺，现在的退出了。街上的商店，规模和形式都还不坏，在内地的集镇，可说是很难得的，街头的堤上，原本住着很多灾民，现在因水退落，大多数都迁回原居了，所剩的已无几。我们巡视了一周后，将所带的药品，交给那里的联保主任办事处分发各保长，特发灾民备用。联保主任办事处准备留我们在那里吃饭，但我们很不愿叨扰他们；虽则时候已过中午了，但仍辞谢了他们的盛意。离开孙家嘴，拟向离孙家嘴十五里的袁家桥进发，但划夫说前面水退落了，深浅不一，恐怕船会搁浅，于是转内湖向黄州关折回。

谈起了种田难　嗟叹天不由人

进了内湖，和进巴河时一样，同样是波浪无边，问划夫这里灾情怎样，他告诉我们，这内湖的地势很低，附近的田地，每年都很难收得一次谷，所以，一般种田的，都种些早熟的杂粮，很少有插秧的。去年天旱，这里却禾稻大熟，然而，只有几家种了的。今年大家下本钱插了秧，却又被大水完全淹了，真是天不由人！船行二十余里，到达黄州关，这时已下午五时了，抵岸时，有各乡联保长，因听说省方有委员来勘察灾情，所以都赶到了这里，他们纷纷陈述被灾的情况，顿时一片凄惨之声，由各乡联保长的口口中传出，我们疲顿的身躯，于是又渗入了悲伤的苦汁。杨委员对他们一一加以安慰，并又发给药品一箱，然后和他们告别。上船后，急进餐，因为从早晨六点多钟进早点后，一直没有饮食进口，实在早已饥肠辘辘了。六时船离黄州，七时半抵大冶石灰窑，时已万家灯火了。江面不便舟行，于是停机泊在河畔。晚间登岸，向居民问到水讯，知道这里也曾为水所淹没，因为是在夜间，看不出被淹的痕迹，不过，街道有三两处地方，被水冲毁，石板陷在泥土里。房屋也有被水浸倒的，不过，灾情很轻，所以，商店虽在晚间，也很有劲的在做着生意，并且还有戏院一所，锣鼓之声，溢于街面，真可说是苦中作乐哩。

七十八袋的面粉发给了蕲春

六日清晨，东方刚现出红色的彩霞，我们的船就开动了，七点钟的光景，船到了蕲春，杨委员负责的第五区党务指导员办事处，就是驻在这里。当一个月以前杨委员在处督促工作时，公余之后，常常到城外江边来散步，现在从船上望到从前散步的地方，现在是要用小划船才能通过，而且水头已抵城脚，临江的西门，南门都已闭塞，为时不久，情况已非，实在是感着无限的惆怅！起岸后，从北门进城，北门外是蕲春县城的商场所在，也一度被水所淹没，这个损失，是有关县城的经济，甚至可以说影响到全县的经济。进城后到办事处详询灾情，因事前杨委员已令办事处陈畴同志，会同县党部工作人员组织水灾调查团，实地去调查，陈畴同志曾夜间亲自坐划船到灾区勘察两次，现在已有详细的统计：全县溃决的堤圩，有范家圩、土门圩、恒丰堤、福城堤等四十二处，大半是二三区所辖的地段，被灾的人口达五万二千余，淹没的田地，有七万多亩，禾稻的损失是三十八千多万担，其他的损失还不在内，这情况该是如何的凄惨。杨委员于是所带的面粉七十八袋，蚕豆四大包，药一大篮，拨交蕲春县党部具领，并嘱咐马上和地方法团，商量发放的办法。下午三时，县党部就召集了第一区区长吴薪裘，县警察驻在所葛巡官等，共同商议，结果依灾情轻重，转发各区长具领，会同联保主任散发，并由县党部干事甘继洛书记张世珍监发。其实这是一种手段，我们这点由商会和学联会募集来的东西，杯水车薪，又怎能济事呢?!

打破了芦花荡　浠水就闹水荒

晚上，我们回到船上，杨委员和同人计议，预备折回浠水去视察，但是听说浠水被淹区域，大部份是芦花荡堤一带，这芦花荡堤和黄冈相近，昨天在浠水和黄冈搭界的巴河视察时，远望浠水边，也是一片汪洋，当时曾问到划夫，他告诉我们，浠水的闹水荒，完全是因打破了芦花荡，这是七月十三的事。芦花荡堤长有二十多里，所辖的范围是很大的，这次的损失，大概总有禾稻五十多万担。负责筑这条堤的人，姓鲁名老九，这个人将平日所领的堤工款，不用在堤工上，却作私人商业的企图，开了当铺，而且大放其高利贷，堤上的工事是敷敷衍衍的，所以这次大堤溃决的时候，不是水涨，也不是浪急，而是水已在退的当儿，说起来，真是痛心得很，现在这个毛贼已远扬他方，倘若能够捉到他，在芦花荡堤上付之以极刑，要这样，才能泄除浠水全县人民的痛愤。浠水的已在划夫的口中说出，并且有当黄冈县二区公所的职员和二区灾民的证实，那浠水就是去，也不过是在水趟个大圈子罢了，而且因为路程和时间的关系，折回浠水是很不便的，所以就准备明天到武穴去了。

天干了求菩萨　水淹了求泥巴

七日晨船向武穴进发，过了田家镇后，暴雨骤起，船身左右摇摆，前后颠伏，好像行在大海中一样，记者差点儿要呕吐，幸亏一会儿就到了埠，武穴河街还在水中没有退出，泊长江大轮的几个趸船，都移进了许多，起岸后，杨委员率同人到直属武穴区党部休息。武穴区党部的房子，是我走过的几个县党部所比不上的，一栋一楼一底的洋房子，而且是两进，建筑很坚固，内部很宽大，用来办事，是很够的，因而问及这房子的底细，才知道这是以前的同善社，同善社是革命军未到达武汉时一个迷信团体，当时很普通，各县各乡都有，势力很不小。同善社是由一些佛门的败类到处引诱一些无知的男女，集合起来作烧香念佛的勾当，而且往往在夜间，于是在当时，发生很多伤风败俗的事。等到革命军到达后，这般丑类知道在青天白日之下没有他们的生存，所以也就躲避无踪，剩下的房子就成了公共的产业。谈到迷信，区党部干事吴尽臣告诉我们：去年大旱的时候，武穴四乡的农民将菩萨抬到街上来，要法院院长向菩萨叩头，法院院长当时向四乡农民解释，说菩萨是没有的，即会是有，那末，他要天乾，你们向他求，他还是要天乾的；这好像你们犯了罪，打官司到了法院，法官是要照法办的，求也是没有用的。而况，菩萨根本是没有的。但是这样的解释不生效力，无知的民众，不但不觉悟，而且咆哮起来，形势汹汹，当时法院院长恐闹成变乱，只有向菩萨叩头了事。于是我问起今年水淹了农民怎样呢？吴干事说，水淹了农民就只有抢险，而且有些地方，还找不着处所挑土，泥巴也是贵成的了。由以上这件事看来，普及义务教育，是怎样重要的一回事哦！

水患已成旱灾将演的广济县

下午一时,记者随同杨委员乘汽车往广济县,由武穴到广济县,相隔路程七十里,沿途禾稻葱茂,车水机遍布田间,农夫农妇,在烈日下,脚踏着水车的轮板,不息的推动,这是旱灾将演的情况。若是天再不下雨,过些时,今年的广济县将是水旱夹攻的双重灾难了。下午三时抵县城,离开车站就到县党部去休息,晤及干事干荣焕同志,他卧病新愈,精神很不好,问及原因,才知道他驻堤抢险,受了湿热的关系,现在书记吴公寿同志,还在堤上督工没有回来。至于广济县的灾情,因关系全县安危的罗城堤抢险得力,幸而没有溃决,所以灾情还不十分严重,溃决的堤垸,仅有恒丰堤、戴家园两处,此外永泉堤的金牛湖附近田亩,因水漫溢遭淹,所有溃决及漫溢的地方,被淹的面积约一万一千亩,损失稻谷十五万多担,灾民有万多人。现在罗城堤还在抢险中。杨委员于是将携带的药品一箱交给县党部带到堤上去散给各乡民,以防发生流行疾病,干干事欣然领受,说真是需要

图 41　广济县郊外
（原载《中华》1938 年第 70 期）

图 42　广济县街市一角

（原载《中华》1938 年第 70 期）

得很，因为现在抢堤连材料都办不完全，那能顾到购买药品，所以现在药品是和食物同样的重要了。夜宿于党部。

阳新县全城包围在水的中央

八日晨，离广济县乘原汽车折回武穴，八时车到达，就回到船上，嘱咐船上的大车向阳新开驶。船由富池口入内小河，就是阳新县的境域，沿途水面的辽阔，超过外江，平时小河的河槽已没在水当中，辨不出方向，被水淹没的树木房屋时有所见。下午四时，驶抵阳新县城，起岸后，知县城大部份尚在水中，乃请了挑夫作为向导，引往县党部。街道均是跳板搭渡，东曲西折，高低参差，偶一不慎，即有跌入水中的危险。抵县党部门前时，大门紧闭，门槛已为水所淹没，想其内已成水池。问及附近居民，知县党部已迁至中心小学，乃又折回往中心小学所在地前进，行至中途，大雨又作，乃避入民房，并租借雨具，继续前行；然风急雨飘，抵县党部时，杨委员及视察团同人，衣履均为雨滴完全打湿。至阳新灾情，因临江口处，没有干堤的建筑，一遇水涨，则江水倒灌，山洪下冲，凡低洼的地方，及相近湖沼的处所，靡有不被淹没。这次被淹面积十一万三千余亩，损失稻谷约五十万石，灾民约五万六千余人，情状凄惨，灾况深重！闻阳新县尚未发给急赈，杨委员拟返省后，请救济总会予以救济。这天晚上，就休息在县中心小学。第二天上午，各人民团体和各机关代表前来访候，杨委员恳切说明，救灾备荒，不仅希望政府，而且是要各地方各界领袖切实负起责任，态度是那样恳切，听话的人却很感动。午餐后，我们就告别了阳新，本来我们预备到灾区去勘察，但是因了特种关系，只有作罢。船离开阳新后，就溯江西上，于十一日又回到了安然的武汉了！

鄂西行

伏 枥①

一、民船及其他

观赏这伟大而浩瀚的长江上游之险要，历史遗迹，山川景色，以及那种种危险的经历，其最好的方法，是搭乘民船沿江旅行一次。特别是有旅行癖的人们，要想观赏长江江峡的壮丽和奇伟，那是确乎只有坐民船，才能获得充分的享受；同时因为亲身经历种种危险，所以其情趣也更为亲切有味。但在乘船出发之先，有好些实际上的情形，是值得先叙说和考虑一番的。

在长江上游的民船共有三种，即是二舱的、三舱的

① 作者生平不详。本文原载《旅行杂志》1941 年第 15 卷第 2 期，有删节。

和四舱的民船：那种二舱的民船可以无须推荐，因为它的顶部极高，所以不大安全；三舱的民船，最易驾驶和操纵，而且是最通行的民船；那四舱的船，通常是用来只装运大批的货客的。自宜昌至重庆船价各不相同，也没有一定的标准，有时更视米价而为转移，而现在比过去更贵得多了。

此外，尚有二种小船；一种没有民船舒服，但是较快，在奉节地方，这种船最多，目前已在减少下去，宜昌那里更难得看见了；另一种是敞船，船的中部有一个席蓬盖着，如果摇船的人摇得灵活，它比一切其他的民船更快，但是容易出危险，当然其雇价也比较便宜。船上并无舱室，只有那上有席蓬遮着的一些地方，可蔽风雨太阳而已。

最大的一艘民船，其造价往往在几千元钱之间，这种大民船，广及十余丈；上航时可装货六十吨，下行时可装八十吨至九十吨。自宜昌至重庆，航行须费二十五日至二个月的时间，以季节和水势为转移。船上的夫役人等，有时终在百人左右，船老板和他的家属尚不在内。至于各种民船的外表，则大都朴素坚固，说不到美观二字，但在实用上，都非常适合时宜，尤其是在江中遇险的时候。

至于民船上的船夫们，十九都是身体极强的汉子，他们的体格壮健，而且性情方面也能有忍耐的特长。他们的职业的性质，虽然极为辛苦，但是他们尚能保持快乐的人生意味，然而他们的生活和待遇却须极大的改善。据说船夫中以湖北人能力最强，他们在夏天时的装束，往往裸体或半裸，只在头上包着一块红布或别样颜色的布片。但是船老板为省钱起见，往往雇佣童工充数，而每艘船上终得带上一二个老头子和小孩子，充为水手，差不多已经成为惯例了。

二、长江之险

宜昌以上，航行之困难，可以用船夫们自己的话来证明，他们说：每逢航行一次，十支船中终要撞坏一支，二十支船中终要沉没一支。江道之艰难也就可想而知了。当船开驶以后，在那天险的江道中，它得很艰苦地，有时极迟缓地，开路前进，同急水滩挣扎，溜过江峡，而且时常有陷在泥沼里和湍流中的危险。所以如果你所雇乘的船，能一路逃过了那无数礁岩和江滩的危险，在顺风顺水中，安全到达目的地，货物和人身丝毫未受损毁，那真是最大的幸运事件了。

至于说到雇乘民船遨游长江，则以冬天或深秋季节，或是初春之时为宜，但最好是在冬天和二月里。江水在这一个季节内，非常清冽，更使那壮伟的山水景色，平添了许多美丽。那些急水滩，虽然在这时候最为危险，航行极难，但其景色却也以此时最为好看。此外，一路上有着绵长的、水势平静而缓慢的江潮，那波涛猛烈的急水滩和那短狭的汹涌而迅疾的奔流，不断地展开在你的眼前。天气虽然很冷，但是不大下雨，而且时常有吹向上游去的劲风发生，水势也较为低平，所以一年之内，要算这一季中船行最快。当然，美丽的秋天色彩和那春天的花卉怒放的美景，你是看不到了，但是却有那覆雪的群峰，清冽的江水和那最生色的急水滩，作为补偿，足使你观赏不尽，惊叹无已。

而最有趣的事情，是目睹一艘大民船驶过险峡的时候。几十个船夫跳上岸去，捏着坚固的竹索向前拖拉，背脊佝偻，臂肘挥舞，手指几乎要触到地上，用尽了力气背扯前进；船夫头脑们，则赤裸着身体，用竹片作为掩护身体的甲胄，在摇船人们的双桨之间，疯狂地冲来奔去，喊得声音都哑了，在鼓励和监督着那班船夫们拼命用力，看见躲懒的家伙，就在他们的裸背上重击一下。船尾上，往往有三四个人在操纵船舵，他们的责任是在避开漂石和那礁岩的突出的锐角，不使船身碰撞上去，万一一个不小心而撞了上去，那就要发生断胫碎首的危险了。此时船就在慢慢地向前行进，前甲板上有十余个船夫，站在那支大桡的旁边，只待领船老大发令，便去操纵那支大桡。而那领船老大，往往是一个饱受风吹雨打的灰白憔悴的老人，他的经验丰富的双眼，敏锐地注视着那漩涡的水势和变动，然后发令指挥一切。在中舱里面，厨司务就主宰着一切。他一天到晚的，而且往往要到半夜，忙碌地为他的饥饿的伙伴们，准备饮食和菜馔。厨司务大半也是个能干的脚色，他还能做木匠，而且常做公断人，他是许多事情上面的一个权威者，也是船中最重要的人物之一哩！而在那桅蓬下面，专司击鼓的船夫们，便蹲踞在那里，两膝间夹着一个鼓儿，他用二根竹棒，击出一种不断的蓬蓬声来。这是告诉船夫们的“安全”信号；如果上流有了什么障碍或者有不顺利的事情发生，需要船夫们停止拖扯或摇推的时候，鼓声立刻就转变为尖锐急促的声音了。最后，船尾上有间舵室，在那突出的台廊上面，站着那个舵手，他两手抓住了那支十余尺长的舵柄。他也是一个驾船的老大，船上的一个重要人物。

至于那船老板，则往往站在舱蓬顶上注视着船只前进。如果发生了不顺眼的事情或者任何妨害的时候，他就要顿足咒骂，而那班船夫却也时常要以恶语回敬他的；有时吵骂得不可开交的时候，老板娘就来圆场，结束了他们之间的争噪。在老板娘的面前，任何一个船夫都会被她骂得压服下去的。

一艘笨重的大民船，要能操纵它在长江上游中安全地向前行驶，确乎需要极大的本领、技巧和经验。一路江中，到处存在着逆流和漩涡，而且有着无数的礁岩，纵横江中，尖角突出，船要兜绕过去，实在非常困难。同时船的旁边是一股急流，而船的那一边又是一股旋转的逆流，更有那险恶的礁岩永远在等候着准备随时毁灭你。

拉纤时，纤索因为缩得过紧，似乎即将断裂的样子，万一在危急的瞬间，绳索果就迸断，那时的情景就不堪设想了。而如逢船只真的遇险时，那班水性极高的船夫们便往往身上只系了一条竹索，跳下水去，拖救那艘在波涛中冲荡着的船，冒着一己的生命危险，建下了最勇敢的功绩。

民船向上游行驶，虽然危险有如此，而在下行时，其危险的程度也并不减少一些。虽则损坏的事情较少，但是往往发生全船冲破的恐怖。民船在下行时，必定尽其装载的容量将船装得极满，桅杆取下了，横在船旁，在下水时用不到的甲板也拆了一些下来，同桅杆横在一起；这样一来，就多少同一只渔船相似了。在驶过波涛迅急的江岬时，船头很少是直着对向下游的，大都是慢慢地横了过去，爬向上风，这样就可以看清江道下面二三里路外的险处了。船夫则摇着短桨慢慢地向下驶去。因此民船在向下水行的时候，如果碰到也往下水去的轮船，那就非常危险。轮船激起的漩涡，常时可以支配民船，使它失去主宰，突然将它全船旋转起来，那便是极为可怖的事情。所以有时民船碰到这种状况，往往不得不冒险将船驶近岩石旁边去——虽然这也是非常危险的事情——以免碰撞，暂保自身的安全了。

三、几件值得注意的事情

自宜昌去重庆，约有一千二百里水路，但据一班船夫们估计，说有一千八百里路，共分三十二个站头，九十里一站的有十六站，六十里的有六站。

民船在上路之先，必须妥善地安排好压舱的工作；压舱的东西应得放在船身中部或货舱之内，靠近桅杆下面。行李货物和食粮等俱可作为压舱的东西，如果还不够的话，那末沙袋或者大石和碎岩石，都可拿来应急一用，这种东西，在长江上游是随处可以取得的。

一路上危险确乎很多，尤其因为江水湍急，船身常时倾侧，桅杆倾往一边，往往酿成翻船的惨剧。冬季水浅时，空岭滩、新滩和龙滩，特别危险，旅客自以登岸步行，走过这些险滩，最为上策。同时你留在船中，也并无用处，而危险却是有的，因为船过险滩时，危险随时可以发生，船的命运完全抓在险滩的掌握之中。同时礁岩和崖壁，纵横纷列，好似无数的鳄鱼，在等候着吞噬你的一切。万一不幸，船身撞在石上，那末这情形就不堪设想：破碎的船身在转瞬之间即为江潮所冲散；至于遭难的旅客，在这样湍急而旋转的江流中，能够泅水逃生的简直百不得一。所以在驶过险恶的江滩时，为安全起见，旅客们也应该逼着船老板，雇用当地的临时船夫，帮助驶过险滩，因为此时只有他们最为有用，而且可以保障一船的安全。他们通常是二个人，一个掌舵，一个指挥和帮助摇橹。他们确是全船生命财产的最好的担保人，而所化也只在几元钱之间而已。

另一件重要的事情，就是船只每夜应在码头上过夜，比较安全。有时船到码头，天色尚早，一班旅客往往性急，催船再向前驶，结果时常弄得徘徊在半路中间，这是不聪明的举动，出门人应处处以小心谨慎为上。

沿岸逢上岸步行时，最好叫个船夫陪伴，因为他们熟悉路径。在崎岖的山径上步行，草鞋最为出色，踏在光滑的岩石上，也不致于溜跌下来，可以避免跌伤胫骨和扭伤足踝的不幸。口渴时，莫饮路旁的溪水，因为水波虽清，但附近居民常在溪水上流，洗涤污物。山间到处有天然的瀑布，水质纯清，可以解渴，船夫往往熟悉其所在的地点，只要叫他们领去就可找到，吸之不尽的清水，就尽够使你满足当时的需要，或者盛在大瓦罐里带回船上去慢慢地受用。

至于吃的东西方面，那倒无须担心，沿路任何地方，俱可买到鸡和鸡蛋，在大村镇上，还可买到猪肉、白米、黄豆和各种干豆、青菜、水果等。奉节那里，洋山芋出产最多，山羊肉做的羹汤，也是当地的著名美味食物之一。此外，沿路江中随处有渔船出没，所以各种鲜鱼更易购买。冬季数月内，沿江各地，野鸭成群，你也尽可买来作为美味的菜馔。

当你看见一艘装备很好的民船开船前行时，那根巨大的桅杆和那张巨大的三角式的帆蓬竖了起来，船夫们往来摇橹撑篙，忙碌万分，此时江水汹涌，山色明暗，一幅壮丽生动的活的图画，就将展开在你的眼前了。

四、宜昌出发

自宜昌三峡下面，雇乘民船出发，多少是件讨厌的事情。当你在雇船之时，民船上的船老板必然是先介绍你看他的“比任何人为好的船只”，然后斤斤论价，而且至少要客人先付三分之一的船费，再去准备旅途中的粮食等等，唠唠叨叨的闹了好久，才算一切停当，开船前行了。当船驶过了长江中游的平坦而环绕的大平原时，就行进了那泥质浓厚的江水之中，而两岸景色也就立刻完全不同，一路上壮伟奇丽的山水风物，即将惊醒你的微睡似的神思，使你顿时胸旷神怡，心花怒放起来了。如果运气好，遇到顺风的话，那末更足使人觉得兴高采烈，而那班船夫们也便拥集在前舱甲板上，拉起了巨大的风帆，并且欢呼号叫的希望风势更能猛大起来，船就可以走得更快了。

船趁着靠岸的缓流的水势，在无数的船只行列中间，挤出了一条前进的水路，渐渐地宜昌便被抛在后面去了。船上的大桅杆已经竖了起来，而旅客们也就准备经过那长江上游的第一带的伟大而壮丽的山峡地了。首先在眼前出现的是黄猫峡，对面就是灯影峡，二者并合而形成了一般人所谓的宜昌江峡。这二个巨大山峡的底部，成为了岩石崚嶒的江岸两边，岸上山峦，起伏如连，长江即在群山中间，剖开了一条汹涌奔腾的水路。这一片壮丽的山水景色，顿使感到船上生活单调无味的旅客们的胸襟，为之一畅，而且如果是天性爱好自然美的人，那末一定手舞足蹈起来；展开在前面的是一片无拘无束的新的天地，在这新天地中，是充满了山水的和自然的美丽。

的确，这时缓缓地在眼前展开来的整个景色，确乎是美丽而壮伟的。长江，静悄而又深邃，浩瀚而又广大地，奔流于两岸险峭的灰岩之间，而每当峰回路转之时，巉岩顶上，往往出现了簇聚着的，巨大而奇诡的盘石或山峰，遥望浑如古代城堡的雉堞，山坡也宛然变成为城墙的样子，有几处地方掩覆着丛林和草木，有几处地方则矗立着许多五颜六色的巨石——如逢晴朗之日，那末这一切在灿烂日光的射闪之下，便变成了一个巨大无比的万花镜，五色缤纷，光艳夺目。此种奇景，搭乘在轮船上的旅客们，因为轮行迅速，确乎难有饱尝的可能，只有浮沉在民船上的人们，才能获得细细观赏和充分领略的情味。

宜昌江面上的山峡，虽然已可称为是壮丽的景色之一，但在自宜昌至川东的这一段江面上的山峡之间，它尚不能算是最为壮伟美丽的奇观；而且季节和天气的转换，也具有极大的变幻和影响，在每一个不同的季节内，就有一番不同的景色。

鄂北旅行日录

野　马①

记者久居日本，对于日本农村，有过十数度的视察。近感吾国政治不良，大原因由于都市方面，人才过于集中，乃提出“到民间去，过痛快日子”的口号。民国二十年三月初，曾回到农村，组织鹿头镇产业合作社，并试用节制资本，平均地权两原则，于乡间提倡租地租屋，当地当屋各种联合会，本社会政策，平定地价房价。试办以来，颇有成效。今春三月，又返该镇，关于匪患、赤患、兵患，及各种社会不良所由酿成之原因，直接间接，调查颇悉。乃将于鄂北三十六日旅行见闻所得，仿日记例，笔之于左：想亦关心时局之华年读者所乐闻欤？

二月二十九日，由汉口乘火车到花园。车中遇一老

① 作者生平不详。本文原载《华年》1932 年第 1 卷第 6、7 期。

道，年七十一，自述甲午之战，为某军门文案，后看透人情，出家为道，此次来自上海，目睹民众种种惨痛。彼以为中国之乱，始于某军事长官之更换，现在此人调入C省，C省人民，或受波及。言下大呼气数，并指出国民党之欺罔国人，及迁都南京之非计。

记者驳之，彼笑而应曰："先生站在国民党立场说话，又不信气数及道教之哲学，自然目余为老朽及反动派，但余之所见却为非国民党者一致心理，请先生注意及之。"互相辩论，终无结果。未几车抵花园，因系快班，时间尚准。此为平汉旅行道上第一快事。

是日下午三时到花园站，即赴沙河汽车站。守花园军队为H师，纪律尚好，行人可以自由通过，不受检查之苦，亦大幸事。到客栈时已黄昏，闻土炮声。询之乡人，则曰：对面山中，即有"党员"（乡人称共产党，曰"党员"，曰"红军"，亦曰"老先"），每年必派人来袭击花园车站，幸H师为中枢握兵符者之嫡系军队，器械精良，粮饷充足，尚可与战。去年此日，岳督办不是被"党员"们活捉去了么？

乡人又言：沙河店系佃农及小本商人所在地方，红军从未来过，请先生放心，且H师近日拘得红军甚多，未杀害一人，“党员”必不来报仇。余因问及H师纪律如何。一妇人出而骂曰：也不是好东西，我们庄子里的大门便门，被他们硬借去“支高铺”，恐怕是有去的无回的。时一老者出而叹曰，这个年头什么好军队？有军队不如无军队；但无军队又有由共产党来闹；有钱的跑了，穷人也是无办法；不知何日始得太平。记者说，快了。彼摇摇头说，恐怕未必未必，乃相率散去。是晚确安稳无事。

三月一日乘汽车赴随县。过马平镇时，有×××师C排长其人者，气呼呼的争上了车，坐定后即向旅客云：我是追逃兵的，我们军头是杂牌，靠着兵吃碗饭，故逃兵非穷追不可；若××的嫡系军队里，为官的绝不去追一逃兵；大家不信，请看看花园的第×师，器械好，粮饷足，自师长至下级军官，均带着太太；吾辈三十余岁，不仅无太太，且无家可归，只得拼命似的，守着我的一排兵，借着这一排兵找家眷找生活呢！说罢又慌慌张张的下车而去。据说×××师的师长在随县，去了遇见有多少不方便。

同日四时半到随县，住随安客栈。六时顷有自河口来的客人，一男一女，到了客栈，男客向女客说：唉，我们现在已到了安全地带了。记者询其故，则曰：于老河口如何遇王太杆匪，如何出险，于襄阳、枣阳如何遇共产党，过此则前途平坦，可以放心了。记者曰：你们东去可说是安稳了；吾则西行，前途荆棘正多着咧。

二日晨六时半，汽车站鸣钟，行人于黑暗天色中，已齐集站前，争抢座位。记者持有绥靖公署的护照，到站较迟，已立无锥地，只得坐在人身上。拥挤状况，比之日本地震时逃难，尚要加倍。吾民日日生活于其中，绝无怨言，耐忍心真是可以。八时到丽山河口稍停，十时即到兴隆集。兴隆集距枣城四十里，中经红花铺、优良河，为红军出没之区，上下汽车，须军队护送。吾辈所乘之西上汽车，须待东下车护送队来到，始可开驶，以故有长时间的盘桓。乃询及地方状况，不相识之某君曰："地方哪有多少共党，因军队杀人可怕，相率而逃去者甚多，弄得草木皆兵；例如前月，车站旁边，因电线杆被毁一根，不问理由，而杀附近的老百姓至八十三人之多，难道这八十三人尽是坏人么？"又保卫团某君接过说:“不仅军队坏,地方的团老总,也是一样的苦老百姓,前月王泰杆过王城,打死姜老板(指团总言)的义勇队十数名,姜老板哭得眼睛都肿,我说不必哭,只要他真心为地方,将所刮的金钱,不必拿去给旅长打牌、送礼,拿来分给我们一元二元,寄回家去养老婆孩子,我们去用力打,共产党土匪自然不成问题。他们一夜打牌输盈千余元,我们连一月六元的饷银拿不到手,哪个混蛋替他们拼命打仗呢?地方哪有太平的希望呢?”这一类的话充耳不胜听。

一时半护路队至,乃开车,二时半即到枣阳,枣阳古称春陵,又曰章陵,为汉光武帝起兵之地,文物甚盛。民国二年,白狼陷城,蹂躏不堪,然再陷于豫匪,三陷于靖国军。民国十六年经建国军驻扎后,元气丧失,可云已尽。最近复为共党所扰,城内居民,多为其附近逃难者,既困于经济,又弱于抵抗,日坐愁城,苟延生命。共产党人嘲之曰:“枣阳县,赛猪圈,急得屠户团团转。”盖言城内人民怯懦,如同猪狗,天天躲在城内,而自比屠户,欲杀之而不能也。

驻军某旅,对于劫匪,尚称肯干,惟号称一旅,而实在人数，不过四千，有枪者仅千数百人，此何主任告记者语也。兵数虽不多，而官长则十分充足，所谓参谋长副官长八大处均成对成双，大家忙于工作，勇于革命。对于特殊机关，尤乐于赞助，例如省政府派一禁烟专员到县，到任不过数日，已由军队方面派赴禁烟专员公署顾问二人、参议五人、帮办七人。此专员丁君亲口为记者告者也。群狗争骨，老百姓真该万死了，一蟹不如一蟹，乃国家今日到处可以引起的感想。

三月三日，因种种关系，须停留一日。五时半起，洗面毕，赴各处散步，全城无一家起身者。行至南街，闻读书声，入内视之，系一私塾，塾师杨君为旧相识，相见即谈地方事太坏，“做官者有人，读书者无人，作事者更无人”；又曰，“父母者，乃子女之罪人，父母能力不足，不能为子女辈多觅金钱，供其挥霍，斯为罪人耳”。杨君年已六十，其子秀阡，毕业一中，因思想关系加入共产党而死；其女数人智识欲甚大，要求升学，杨君无以应之，故有此种心语痛。天下与杨君表同情之父母，当不止一家一人也。

三月四日，自枣阳赴鹿头镇。十时出城，过八里义，闻快枪声。记者外示沉着，笑语相送之团丁曰：我不怕“党员”，因彼等多我的学生，知我非土劣，即相遇亦无妨害。团丁等曰，还是不遇的好，他们“党员”，最恨的是官，是大官，先生是我们县里大官之一，他们一定与你为难，老交情靠不住的。说说笑笑，已到吉家河。吉家河为北二区所管，既无“党员”，又无土匪，大家相庆曰：已到了枣阳的租界地了。在吉家河午膳，并接见地方绅士任庆宜等，谈地方情形及日本外交。吉家河距鹿头镇二十里，三时半出发，沿途虽小有停留，五时半已抵鹿头镇，接见乡人李幼垣、郭正青等。

三月五日晨，送记者归家之团丁，闻吾镇团丁，月月发饷，无丝毫积欠，且地方穷人，均有事作，均有饭吃，相集而询记者曰：“先生去年归来，改良鹿头镇，为时不过一年，而鹿头镇的穷人，均有饭吃，这是甚么缘故？请先生到枣阳县城去改良改良，使我们都领得着欠饷如何？”记者以有机会说话，乃改之曰，“枣阳城里，尚办不到，因为土劣太多，生产者太少，不若鹿头镇之半商半农，家家户户，忙时耕地，闲时做生意；此间有句俗话，‘要得发，生意杂庄稼’，言欲发财，须耕地经商，故家给人足，羞用不出汗的钱。团防局财政公开，无一人敢行贿赂，故四方客至；四方客至，则经济活动，即小本生意，亦可以赚钱，可以吃饭。”

“就事实而言，其他镇市，如××等较之鹿头镇，生意素来兴隆，因团防局老板要钱，局勇要钱，外来之牛车，在××镇经过或投宿，局中长官必借种种名目，向车户纳税至四五元之多。鹿头定章，贩卖粮食之牛车出寨，由粮行中扣出寨费二角，不准局勇个人私索，人人称便。鹿头过客，每集多至七八千人，此市面因而繁盛之理由。枣阳为驻军、官吏、土劣会合之区，事权不能统一，焉能便商便民？即强欲加以改良，而人民无监视能力，亦终不能实现。”团丁及其他听者点头称是。

三月六日，记者亲到鹿头镇大小户人家视察与拜访。民众素知记者的主张是“作工吃饭”四个大字，于是为父母者，见我来到乃将其子女之不喜作事者，特别唤出，当面教训说：“这是马大先生，人家做的外国的官，回到故乡，尚到我们这寒家来，老清早六时便已起来作事；你们就不想做工吃饭，靠着父母，真是不知羞耻，再要如此，我们请大先生来管你。”因此受了感动的青年，而去耕田作地的，倒还不少。是日于某农家，见一新妇，不知记者历史，深以做了大老，尚去作工为可怪。记者过其前，见其方在喂猪，乃教以如何使猪进食？如何使猪运动？如何使猪不生病？如何使猪造肥耕地等等，言顷并就当场可行者示之。该妇人呆然木立半小时，后闻其颇能克苦自励，立誓再不敢不作工。此六日清晨事也。

是日逢集（吾镇集逢双日做生意，称之曰集，又曰逢集），镇上贩卖麦米者，鉴於粮食价高，图获厚利者，乃有“兑水”之恶习。吾镇绅商，素来对于这种奸商，取缔甚严，惟不教而诛，未免太苛。记者欲借以实施一些民众教育，乃到贩卖水米之店家，邀集其事主，给他们说：“穷人不要杀穷人；现在买米吃者，均河南之穷人，水米於春天运到河南，则水涨米恶，不能进口，这不是杀穷人吗？”听众数千，都说鹿头镇有正人，从此更要兴隆咧。

同日有二事，可以录出，不免为政府出丑，但可为日记生色。上午十一时有L者，自述为潜江人，奉省政府命，来北二区办自治；记者初到民间，信以为真，乐与周旋，且留之在团防局午膳，后L取出公文，说奉县长谕，来到贵区，筹生活维持费五十元，这是一事。十二时半，有三十四旅军需科长T，自述为贵州人，曾充县长，现奉旅部命令，来贵镇预征窝捐（四川以鸦片系栽窝，故以烟苗捐为窝捐；人民不栽鸦片，军阀仍抽税，责以不勤，呼曰懒捐），以维持饷伙。呜呼政治，呜呼军事，结果如此如此，这般这般！福民乎，殃民乎，今之执政者亦有以语我来。